KEITAI
SHOUSETSU
BUNKO
SINCE 2009
野いちご

世界No.1総長に
奪われちゃいました。
Neno

JN031225

STARTS
スターツ出版株式会社

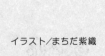

イラスト/まちだ紫織

ある雪の日に私を助けてくれた
世界No.1の暴走族『雷龍』の総長。

喧嘩が強くて、かっこよくて、優しい総長は
私の自慢の彼氏です。

「そういう可愛い反応されるとキスしたくなる」
どこにいても私のことを溺愛してくれて
「なぁ、花莉からキスして」

目の前にかがんだと思ったら、目を閉じて
キスを求めてくる。

優しいところ、甘えてくる可愛いところ、全部が大好き。

もっともっと、詩優のことを知りたいよ。

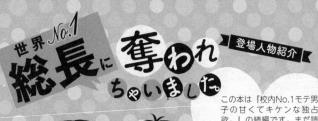

世界No.1 総長に奪われちゃいました。

登場人物紹介

この本は『校内No.1モテ男子の甘くてキケンな独占欲。』の続編です。まだ読んだことがない人はP8～9の「これまでのあらすじ」を読めば、この1冊だけで楽しめるよ!

妃芽乃花莉
（ひめのはなり）

ちょっぴり天然で健気な美少女。暴走族には怖いイメージしかなかったけど、危ないところを詩優に助けてもらい、"雷龍"の姫になることに。

夜瀬詩優
（やぜしゆう）

学校中の女子からモテモテなイケメンで、その正体は世界最強の暴走族"雷龍"の総長。他の女子は目に入らないくらい花莉に一途。

世界最強暴走族 "雷龍" の幹部たち

二ノ宮竜二
（にのみやりゅうじ）

頭が良く冷静で、いつも周りをよく見ている。詩優のサポート役の副総長。

友利明日葉
（ともりあすは）

元気な美少女で男並みに喧嘩が強い。いつも倫也と言い争い（？）をしている。

結城京子
（ゆうききょうこ）

花莉の親友でクラスメイト。凄腕のハッカーで、敵の情報を集めるのが得意。

旗本倫也
（はたもとりんや）

詩優ほどではないが、女の子たちから人気。お調子者で、少しチャラいところも。

榊 冬樹
（さかき ふゆき）

花莉のいとこ。元暴走族幹部で世界No.2の『鳳凰』に属していたが、脱退し花莉の母のいる街へと引っ越した。花莉にはいつも優しい。

新キャラ

宮園葉月
（みやぞのはづき）

詩優の幼なじみ。詩優の亡くなった兄の婚約者だったが、詩優の父に命じられ、今度は詩優の婚約者になってしまう。明るい性格で、よく笑う。

☆ contents

これまでのあらすじ

母の死後、義父と義兄から暴力を振るわれ、自分の居場所がなかった高1の妃芽乃花莉。義兄のたくらみにより、見知らぬ男たちに襲われかけたところを同じ高校に通う夜瀬詩優に助けられる。喧嘩の強いイケメンの彼は、世界No.1の暴走族『雷龍』の総長だった。

実は入学式のときから花莉にひとめ惚れしていた詩優。花莉の事情を知ると、ひとりで住んでいるマンションでの同居を持ちかけ、ふたり暮らしがスタート。

詩優の想いを知った花莉は、総長の大切な女である"姫"になることを決意する。

晴れて花莉が雷龍の姫になると、詩優はさっそく仲間を紹介。副総長の二ノ宮竜二、幹部の旗本倫也、友利明日葉、そして花莉の大親友である結城京子も族の一員だった。

驚く花莉だが、毎日が充実。

詩優の一途な愛を受け、次第に花莉も彼への想いを自覚していく。暴走族同士の抗争、恋のライバル出現など紆余曲折を経て、ついにふたりはつき合うことに。

花莉たちは高校2年生になった。雷龍には、中学生の奏太、壮、誠が新たに加入。このうち奏太と壮も詩優のマンションで暮らすことになり、にぎやかな日々が続いた。

　そんなある日、花莉は兄妹のように親しかったいとこの
冬樹から、実は母親が生きていたことを知らされる。詩優
の支えにより再会を果たし、母娘の関係を取り戻すことが
できた。

　そして花莉は詩優の家庭の秘密も知ることに……。

　詩優は有名高級ホテル『HEARTS HOTEL』の御曹司。
しかし実家を嫌い、父親との取引で期限付きのひとり暮ら
しをさせてもらっていたのだ。

　世界No.2の暴走族『鳳凰』は詩優を狙う。鳳凰の総長
は元雷龍の幹部だった海斗。幹部にはいとこの冬樹がいた。

　詩優に激しい恨みを抱く海斗は雷龍の仲間をさらい、つ
いに抗争へ。詩優は花莉を危険な目に遭わせてしまったこ
とを悔い、二度と同じことが起きないように別れを決断。
花莉は悲しみに暮れる。

　激化した抗争は雷龍の勝利で終結。離れることに耐えら
れなくなった詩優は花莉に想いを伝える。

　ふたりは再び付き合うことになり、甘い時間を過ごすの
だった――。

Chapter 1

再任

「詩優っ!! そろそろ、手……」

　学校に着いても離してくれない詩優。

　マンションを出る時からつないでいる手。しかも恋人つなぎで。

「手、離そう？」

　と詩優に言ったのだが、詩優はすぐにしょんぼりした仔犬みたいな表情をする。そのため、「なんでもないっ」と言ってしまった私。

　学校の昇降口に着くなり、周りの視線が私たちに向けられる。

「あのふたりって別れたんじゃないの!?」

　どこからか聞こえてきた声。周りにいる人たちが一斉に騒ぎ出した。

　みんなの視線が痛くて、うつむいて歩く。

　手をつないだまま、詩優は、

「花莉」

　と私の名を呼ぶ。

　なにかと思いぱっと顔を上げた時、詩優の整った顔が近づいてきて。唇に熱くてやわらかいものが触れる。

　……え？

　もしかして、キス、されて!?

　必死で、つないでいない方の手で詩優の胸を押す。

が、指をするりとからめとられ、トンっと背中に壁がぶつかって体を押しつけられてしまった。

私はされるがまま、詩優のキスを受け入れる。

「んっ……」

声が漏れた頃には唇を離してもらえた。

ちらりと周りにいる人たちを見ると、やっぱり私と詩優を見ている。

恥ずかしさでどんどん熱くなる顔。

「好きだ。もう二度と離さねぇから」

彼は私をまっすぐに見つめて言う。

心臓がドキドキと暴れ出す。

「花莉、竜二たちに報告に行こ」

周囲の目を気にせず、私の手を引いて歩き出す詩優。赤面したままの私は、ついていくのが精いっぱい。

階段を上って3階の空き教室へと移動。

最近、ずっとここに来ていなかったからすごく久しぶり。

詩優は椅子を引いて、「座って」と私を促す。言われた通り腰を下ろすと、詩優も隣の椅子に座った。

「？」

じっと詩優を見つめると、

「キスしてほしいの？」

と笑われた。

「な!? ち、違う!!」

ただ、詩優を見ただけなのにどうしてキスしてほしいっていう解釈になるんだろう。

「可愛い顔すると襲うから」

　そっと私の頬に触れて、むにっと優しく引っ張る。

「!?」

　これ以上、学校で襲われるのはさすがにだめだ。っていうか、可愛い顔ってどんな顔!?

「人前ではもう絶対キスしないで……!!」

　さっきみたいにキスされるのは恥ずかしすぎる。この学校でもう生きていけなくなるかもしれない。

「さぁ?　可愛かったらするかも」

　にやりと口角を上げて意地悪な表情をする詩優。彼は人前でも平気だから油断ならない。

「次に人前でしたら嫌いになるから」

　嫌いになんてなるはずない。でも、詩優に対抗するためにはこう言うしかないんだ。

「じゃあふたりきりの時にキスする。あんなところとかそんなところにも」

「変態っ!」

「俺は花莉不足なの」

　わ、私不足!?

　ちゅっとおでこにキスをひとつ。

　また顔が熱くなっていくと、詩優は「可愛すぎ」と言ってぽんぽんと頭をなでてくれる。

　心臓がドキドキ鳴ってうるさい……。

　──ガラッ!

　空き教室の扉がいきなり開いて、心臓が飛び跳ねる。

「「花莉ー!!」」

　声だけで、誰が入ってきたのかすぐにわかった。

　でも実際にふたりを見たら、いてもたってもいられなくなって、椅子から立ち上がって、ぎゅっと抱き着いた。

「京子!!　明日葉!!」

　ふたりに会うのは久しぶりすぎて、じわりと目に涙が溜(た)まる。

「ごめんね花莉!!」

「鬼総長のせいで傷つけた……ごめんね」

　ふたりもぎゅっと私を抱き締め返してくれる。

「ううんっ……」

　ついには涙が抑えられなくなってあふれ出てしまう。

　一度涙を流したらなかなか止まらなくて、京子と明日葉は背中をさすったり頭をなでたりしてくれた。

　けど、倫也と竜二さんを見たらまたまた涙があふれ出てくる。

「ひめちゃ〜ん、俺も抱き着いていい?」

「バカ倫也。鬼総長に殺されるぞ」

「倫也!!　竜二さん!!」

　鳳凰との抗争があって、みんなも私を暴走族の争いに巻き込まないように距離を置いていた。校内ですれ違っても無視され、京子と明日葉は学校をずっと休んでいたから寂しかった。

　だから、今こうして普通に雷龍の幹部のみんなと話していることが本当にうれしい。

「詩優、早く妃芽乃に」

　竜二さんが詩優にそう促すと、

「花莉」

　カタン、と詩優は椅子から立って私の前で止まる。

「もう一度、雷龍の姫になってほしい。今度は絶対離さねぇ
し、俺らが全力でお前を守る。危険な目になんて遭わせねぇ
から……だから、雷龍の姫になって」

　詩優は真剣な目で私を見つめる。

　その目を逸らすことなんて絶対にできない。

"雷龍の姫"

　暴走族の、総長の大切な女。

　それは私にとって本当に大切な居場所。

　だから、もう一度なれるのなら迷いなんてない。

「はいっ！！」

　そう答えるとやっぱり涙は止まることなくあふれ出し
て、みんなが優しくなでてくれたり涙をぬぐってくれたり。

「本当にありがとう」

　詩優はうれしそうに微笑んだ。

　早いもので、もうすぐ文化祭。LHRの時間は出し物の
準備だ。

　私たちのクラス、2年4組はメイド喫茶をやるみたい。

　接客、裏方、衣装、看板など担当はすでに決まっている。

私は裏方担当で、注文されたドリンクやお菓子の準備をし
て、メイドさんに渡す係。

　京子も裏方を希望していたみたいで、私と同じ。明日葉は大人気の雷龍のメンバーということもあり、クラスのみんなに頼まれて校内で客引きをすることになっている。

　私たちの裏方担当班は、おしゃれなテーブルクロスを制作しているところなんだけど……。

「夜瀬くんと妃芽乃さんって、付き合ってるんだよね!?」

「なんで別れたの!?」

　突然、同じ班の子たちから、興味津々といった瞳を向けられる。

　そりゃあそうだよね……。私と詩優は、今朝あんなに注目を浴びたんだから。

「つ、付き合ってる」

　こくんとうなずくと「きゃーっ!」と盛り上がる同じ班の女の子たち。

「ねぇ!　なにがあったの!?　詳しく教えてよ!」

「雷龍って他の暴走族と抗争してたんだよね!?」

　女の子たちは隣にいる京子と私に迫る。

　……なんて言えばいいんだろう。

　言葉を探していたら、

「詩優は花莉を嫌いで別れたわけじゃないの。花莉を族の争いに巻き込みたくない、もう二度と怪我をさせたくない、そう思ったから別れる選択をしたのよ。だから詩優はずっと花莉を好きなまま。花莉と離れることが耐えられなくなって、また告白したの」

　答えたのは私ではなく京子。

　そこでまた「きゃーっ！」と盛り上がる女の子たち。

　その話をされるのはなんだか恥ずかしくて、居心地が悪い。

　どうにかして話題を変えなくては……。

　そう思って口を開こうとしたら、

「花莉と別れてた間の詩優は、大変だったんだからね」

　阻止するかのように京子が話を続ける。

　しかも、私のほうを見てにやにやしているし。

　絶対おもしろがってる！

「私の話はつまらないから作業やろう！」

　そう言って私はテーブルクロスを作る作業を進める。

　裁縫はそれなりにできるから大丈夫。針と糸で、ちくちくと縫っていく。

「えー!!　妃芽乃さんのこと、もっと教えてよ!!」

「っていうか“花莉ちゃん”って呼んでもいい!?　結城さんのことも“京子ちゃん”って呼びたい!!」

　その言葉が聞こえてきてぴたりと手を止める。

　文化祭は、クラスのみんなと仲良くなれるチャンス。

　私に雷龍のメンバー以外の友だちはいないから、なんだか新鮮で、すごくうれしい。

「ぜひっ!!」

　文化祭、なんだかすごく楽しみだな。

「ほい」

　放課後、教室まで迎えに来てくれた詩優に渡されたのは

私の教科書やなくなっていたジャージ。

　詩優と別れて雷龍の姫でなくなった直後に、下駄箱にゴミが入っていたり、いろんなものがなくなる嫌がらせがあったんだっけ……。

「他に盗(と)られたもんとかねぇか？」

「……うん」

「もうこんなことはさせねぇから」

「ありがとう、詩優。これ、どこにあったの？」

「いろんなやつらが持ってたから奪い返してきた」

「そうだったんだ……」

「倉庫行こ」

　朝、学校に来た時と同じように、指をからめて手をつなぐ。

　やっぱりみんなの視線が集まって、恥ずかしくて、下を向いて歩いた。

　靴に履き替えて裏門へと行くと、リムジンが止まっていた。運転手は、雷龍の１番隊でツルツル頭が特徴の、寺島(てらしま)康晃(やすあき)さんこと康(やす)さんだ。

「姫、どうぞ」

　詩優はいったん手を離すと後部座席のドアを開け、乗るようにと促す。

　また、どこかのお姫様にでもなった気分だ。

「あ、ありがと」

　私がリムジンに乗ると、詩優も隣に座る。

「今日、誰かに呼び出されてない？」

心配そうな表情をする詩優。

「へ？　大丈夫だよ？」

　私がそう答えるとすぐに安心した表情になる。

「良かった」

　後から来た京子、明日葉、竜二さん、倫也もリムジンに乗り込んで発進。

　途中で藍色の髪の奏太くん、茶髪の壮くん、黒髪で長い前髪の誠くんの中学に行き、それから倉庫へと向かう。

　みんなが乗ると一気に賑やかになるリムジン内。

「ねぇ、聞いて、ひめちゃん」

　倫也が詩優を見てにやにやしながら、私に話しかけてくる。

「なに？」

「詩優さ、ひめちゃんと離れてる間もずっと、ひめちゃんのこと気にしてたよ」

「!?」

「ひめちゃん見かけると目で追ってたし、告白されてるこもにらむように見てたな〜」

　う、うそ……。

　あれを見られてたの!?

「部屋でも死にそうな顔してあんたの写真見たり、いなくなった部屋見つめてたりしてた〜」

　壮くんもにやにやして私と詩優を見つめる。

　詩優はというと……。

「んなことしてねぇし」

　と言って私の右手に自分の手を重ねてくる。

　触れられたところが熱い。

　するりと指をからめて、手を強く握ったり、弱く握ったり。

　その反応はどっちなんだろうか。

　でも、私のこと気にしてくれていたなら、うれしいな……。

「え～？　ひめちゃん、詩優さ、寝言で"花莉、愛してる"とか言ってたんだよ？」

　倫也がまた詩優をからかうように言う。

「!?」

　ぱっ、と詩優を見ると「倫也のうそに騙されんな」と、つないでいない方の手で私の髪に優しく触れる。

　髪をすくって耳にかけたり、自分の指にからめて遊んだり。

　ドキドキが止まらない……。

　そんなことをされていたら、あっという間に倉庫に到着。

　リムジンから降りても、詩優は私の手を離さない。

「「「「「「「「「「「こんにちは!!」」」」」」」」」」」

　100人以上のメンバーが青い特攻服に身を包み、こっちに向かって頭を下げた。

　メンバーの中には絆創膏を顔に貼っていたり、ギプスや包帯を巻いていたりする人が何人もいた。

　先日、雷龍と鳳凰のそれぞれの傘下の族による、大規模な抗争があったから。結果、雷龍が勝利して、世界No.2だっ

た鳳凰は解散。

　そのため新たに『風月』という暴走族が世界No.2にランクインしたんだとか。

「お前らよく聞いて」

　詩優が前に出ると、ぐいっと私の手を引っ張って隣へと誘導する。

「いろいろ振り回して悪いな。花莉が今日からまた雷龍の姫になってくれた。だから、もう姫は不在じゃない」

　詩優がそう言うと、とたんに拍手が沸き上がる。

　みんな泣いていたり、「良かったです」と言ってくれたり。

　初めて雷龍の姫になった時と同じだ。

　ここに戻って来て本当に良かった。

「付き合ってるんですかー？」

　どこからか聞こえてきた声。

「あぁ」

　詩優は見せつけるように、私とつないだ手を上げて答える。

　今度は「ヒューヒュー」と聞こえてきた。

「花莉、行ってきな」

　ぽん、と詩優が私の手を離して背中を押す。

　雷龍のみんなと目が合った瞬間、

「「「「「「「「「姫さん、おかえりなさい!!」」」」」」」」」

　そろった声が倉庫へと響いて、みんなが拍手をしてくれる。

　胸の奥が熱くなる。

　こんな私のことを迎えてくれる人がいること、私を思ってくれる人がいることに……本当に感謝だ。
「みんな、本当にありがとう」
　しっかりとお礼を言いたかったのに声が震えてしまう。
　ぽたりとこぼれ落ちた涙を止めることができなくて、思いっきり泣いた。
「詩優さん、どうぞ」
　詩優に特攻服を手渡したのは、1番隊に所属する銀髪の白金哲哉さん。
「さんきゅ」
　詩優はそれを受け取って、制服の上から羽織る。そして
「これから走るぞ」
　と声を張り上げると、大歓声が起こる。
　うれしそうにみんなが騒いで、竜二さん、倫也、明日葉の3人もメンバーから特攻服を受け取って羽織る。
　こ、これから!?
　今、そう言ったの!?
「花莉は俺の後ろ乗って。またあの海行こ」
　詩優はそう言って私の手を引く。
　"あの海"ですぐに思い出すのは、中学生組の歓迎会で行った海。詩優とのデートでも行ったからよく覚えている。
　そこに、また行くってこと。
　手を引かれて外へと出ると、みんなも続いて外へ。
　バイクにまたがって一斉にエンジンをかけると、大音量が響く。

　私は詩優にヘルメットを被せてもらって、ひょいっと抱きかかえられるとバイクに乗せてもらった。

「スピード出すからしっかりつかまってろよ。どうしても無理だったら、俺の背中3回叩いて」

　そう言ってから詩優もバイクにまたがって、エンジンをかける。

　心臓がドキドキしてる。雷龍の……詩優のかっこいい姿をまたすぐそばで見ることができるんだから。

　こんなに幸せなことはない。

　私が強く詩優の背中に抱き着くと、走り出していくバイク。

　怪我人が多くいるから、私たちのようにふたり乗りをしている人も多い。明日葉のバイクの後ろに乗った京子の姿も見えて、詩優のバイクも走り出す。

　風を切って進んで、徐々に速くなるスピード。

　少し怖いけど……以前よりは大丈夫。それに、今はみんなの後ろ姿をまた見られた感動のほうが大きい。

　今夜はいい夢を見られそうだ。

準備

　聞こえてきたのは目覚ましの音。

　ゆっくりと目を開けると、視界は真っ暗。

　背中には腕が回されていて、力が入る。

　抱き締められている、と理解したのは数秒後だった。

　そうだ。昨日の夜、詩優に『襲わないから一緒に寝よ』って言われて……。ベッドで一緒に寝たんだった。

　詩優が朝まで抱き締めてくれているなんて。すごくうれしい。

　鳴り続ける目覚ましの音。

　離れるのは寂しいけど、早く起きてお弁当を作らないと。

　ごめんね、と心の中で謝りながらゆっくり詩優の腕の中から出ようとしたけれど。

　詩優は腕に力を入れる。

「っ!!」

　引き寄せられて、私の体は再び詩優に密着。

　ま、まさか、寝ぼけてやってる!?

　こうされるのは本当にうれしいけど、もう起きないといけないのに!!

　今度は詩優の胸を強めに押す、が、詩優は腕の力をゆるめず私を離す気配がない。

「起きて……っ!」

　今度は詩優に声をかけてみる。

けど、やっぱり目を覚まさなくて。

もう一度、手や足を動かして、脱出しようとしたときに少しだけ見えた詩優の顔。

それがすごく可愛くて。

気持ちよさそうに眠っているんだと思ったら、起こすのも可哀想な気がしてくる。それに、こんなに強く抱き締めてくれているのに、離れるのもなんだか寂しいような。

お弁当は作らなくちゃいけないけど、早くやればきっと30分くらいで終わるはず。

もう少し、くらいなら……いいよね?

アラームを止めると、私は詩優の背中に手を回して、ぎゅーっと強く抱き着いた。

「大好き」

素直に口からこぼれ出る。

寝ている詩優には届かない言葉。

普段恥ずかしくて言えないことも、今なら全部言えそうだ。

さらに強く抱き締めたところで、

「俺も」

上から降ってきた声。

詩優は寝ているから、返事なんて返ってくるわけない。そう思っていたから、心臓が大きく跳ねた。

「へ? 起きてた、の?」

抱き締めていた腕をほどいて、ゆっくり見上げる。

すると、詩優は目をぱっちりと開けていた。まさか、寝

たフリだったの!?

　さっき言った言葉、行動を思い出して顔が熱くなっていく。

「ひ、ひどい!!　起きてたなら言ってよ!!」

　恥ずかしくて、詩優の腕の中でぽかぽかと胸を叩いた。

　詩優は「ごめんごめん」と言って私の頭をなでてくれたあと、ようやく解放。

　私はすぐに起き上がって逃げるように走り去った。

　それから学校の準備をして、お弁当を作って、下の階に住む奏太くんと壮くんの朝ごはんに、ホットケーキを作ったんだけど、

「これ、姫じゃなくて総長が作ったの?」

　そう言ったのは壮くん。

　お皿の上には真っ黒に焦げたホットケーキ。

　作っている途中でさっきのことを思い出してしまい……ホットケーキを焼きすぎてしまった。

「ごめんなさい……。新しいの作るから、もう少し待っててね」

　これはもったいないから私が食べよう。

　そう思いながら新しいホットケーキを作ろうとしたら、それを詩優に制された。

「気にすんなよ」

　ぽんぽん、と優しく頭をなでてくれる。

「総長が作ると焦がすのは当たり前だったしー、食べ慣れてる」

「ダークマター作れるなんて、ある意味天才じゃん」

　壮くんと奏太くんまでそう言ってくれて。

　真っ黒なホットケーキがのったお皿をテーブルまで運ぶと、それを頬張った。

　……みんな優しい。

　文化祭の準備が進んで、教室内には衣装班の人たちが作ったメイド服に身を包む女の子たちの姿が。

　丈の短い紺色のメイド服、白いエプロン、レースがついたカチューシャ、白いニーハイソックス。

　みんなすごく可愛い。脚も細くて長くて、本当に似合ってる。

　にこにこしながらみんなを見ていたら、

「ねぇー!!　見てー!!」

　と言って教室に走って入ってきた明日葉。

　ロング丈の黒のメイド服に身を包み、腰につくまでの長い髪を揺らした。

　明日葉は私と京子の前で立ち止まり、「どう？　どう？」と言ってくるりと回る。

　そのメイド服は細くて可愛い明日葉によく似合っていて、教室内のみんなの視線が明日葉へ集中。

「可愛い!!」

　私は明日葉に拍手を送った。

　京子はスマホで写真を撮る。あとで私にも送ってもらおう。

「客引きもメイド服着るみたいでさ、あたしが短すぎる丈苦手って言ったら長くしてくれたの!! これだったら短パン下にはいてもバレないから、楽に喧嘩できるー!!」

　まさかその格好で喧嘩するつもりなの!?

「乱暴はだめだよ!?」

「ほら、他の学校の暴走族の野郎がうちの学校の文化祭に来るかもしれないでしょ!! あたしがみんなを守るから安心してね!!」

　にこにこしながら頼もしいことを言う明日葉。

「明日葉、お化粧してあげるからこっち座って」

　京子は写真を撮るのをやめて、明日葉を椅子に座るように促す。

「化粧なんていいよー!!」

　と言う明日葉だが、「アメあげるから」と京子が言ったらすぐに座った。

　本当に、明日葉はお菓子が好きみたい。

　明日葉の隣の席に座ってお化粧をするところを見ていたら、突然教室内が騒がしくなる。

　女の子たちの黄色い声が聞こえてきて、なにかと思ったら、4組の教室内をのぞく人物がいた。

　それは詩優で、私と目が合うとなぜかほっとした表情をする。

「愛しのダーリンのところに行ってあげたら?」

　にやにやしながら言う京子。

　それに続くように、

「夜瀬くんは花莉ちゃんに用があるんだよ!!　絶対!!」

「ここは大丈夫だから行きなよ!!」

　と私の背中を押す同じ班の女の子たち。

「ありがとう!　行ってきます」

　私はそう告げて、詩優のもとへ小走りで向かった。

「詩優、どうしたの？」

　首を傾げると、「花莉がメイド服着てる、って噂で聞いたから」と説明してくれる詩優。

　わ、私が、メイド服を!?

　なんですか!?　その噂は!!

「わたし、裏方だよ？」

「……今見てわかった」

「誰がそんなことを」

　メイド服に憧れはあるけど……、私が着てもみんなの目を汚すだけ。

「同じクラスのやつが言っててさ、それ聞いて……見に来た」

　そう言った詩優は安心したという表情。

　メイド服が似合わない私を心配してくれたのかな。

　詩優にそう思われるのは悲しいような。複雑な気持ち。

「そういえば!　詩優のクラスはなにやるの？」

「1組はお化け屋敷」

「そうなんだ!」

「俺、竜二、倫也はお化け役だから。遊びに来て」

「……う、うん？」

　にやりと笑う詩優に、あいまいな返事しかできない。

　私は怖いものが苦手。そのことは詩優だって知ってるはず。前にデートでお化け屋敷に入った時だって、動けなくなってしまったんだから。

　でも、詩優がお化け役なんだったら、見に行かないともったいない。

「詩優、なんのお化け役やるの？」

　聞いてみると、すぐに「それは見てのお楽しみ」と言われてしまった。

　……そうだよね。ネタバレになるから言えないよね。

「怖ーい役かも」

　どんなお化け役なんだろう。追いかけてくるやつじゃないよね？

　考えるだけで背筋が寒くなってくる。

「花莉」

　名前を呼ばれて目を合わせると、

「文化祭、休憩時間が合ったら一緒に回らない？」

　耳に届いたのはうれしい言葉。

「回る!」

　私はすぐに答えた。

　詩優と一緒に文化祭……それはもうデート!!　デートだよね!?

「決まりな」

　詩優はうれしそうに笑って、私に顔を近づけると……。

　頬にキスをひとつ。

「!?」

「じゃあな。俺、もう教室戻るから」

　詩優は私の頭をなでるとすぐに行ってしまう。

　って!!　また人前でキスされた!!　人前はやだって言ったのに!!

　詩優になにか言ってやりたかったけれど、周りの視線が集中していたため、これ以上何も言うことができず。

　私は大人しく教室に戻って、京子と明日葉の後ろに隠れた。

　夕飯をみんなで食べて、奏太くんと壮くんが下の階の部屋に帰ったあと。

　ぎゅーっと私を後ろから抱き締めてくる詩優。

　ドキドキしすぎて顔が熱くなっていく。

「詩、優……!」

　声を出して彼の名前を呼ぶと、詩優は私の顔をのぞき込んできて。

「そういう顔すると襲いたくなる」

　とつぶやいた。

「!?」

　きゅ、急になんてことを言うんだ……!!

　心臓が大きく跳ねて、音が聞こえてしまいそうで詩優から離れようとする私。

　けど、詩優は私を離そうとせずにそのままソファに移動。

　ソファの上に詩優が座るから、私は引っ張られて詩優の

膝の上に座るかたちとなってしまう。

「重いから下りる……っ!!」

　すぐに立ち上がろうとしたが、詩優は私を後ろから
ぎゅっと抱き締めて離さない。

「だーめ。お前は軽すぎるくらいだから。もっと肉つけて
から言って」

「やだ!!　下りるの!!」

「下りないで。今日は俺が甘えるから」

　詩優はそう言って、私の制服のリボンをほどく。

　ブラウスのボタンを上からプチプチとはずして、胸元あ
たりまではずしたところでゴツゴツした大きな手が中に
侵入。

「詩優っ」

　名前を呼んで、止めようとしても止まらず。

「変態……っ!」

　と言っても止まることなく私の鎖骨に触れた。

　顔だけでなく体も熱くなっていく。

「……噛みつきたい」

　鎖骨をなぞるように触れてきたかと思ったら、小さくつ
ぶやく声が聞こえてくる。

　一瞬、耳を疑った。

　か、噛みつきたいって言った!?

「だ、だめっ」

　慌てて詩優を制す。

　すると、後ろからさらに強く抱き締めてきた。

　噛みつく、なんてそんなの絶対痛い。というかなんで急に……。

　詩優は私によく『小動物』って言うけど、詩優のほうがよっぽど動物みたい。

　詩優は可愛い顔して寂しそうにする時があるし、凶暴な犬みたいな時もあるから。

　動物にたとえるんだったら、絶対……。

「……詩優って犬みたいだよね」

　思わずふふっと笑ってしまう。

　すると、詩優は私の横髪をさらりと後ろに逃がして。

　顔を近づけてきたと思ったら、ちゅうっと吸いついてくる。

「ひゃっ!?」

　びっくりして変な声が漏れる。

　ぴりっとした痛みが走って。

「飼い主の小動物さんがよそ見したら噛みつくから、気をつけろよ」

　耳元で聞こえてきた声。

『飼い主の小動物』、それって……私のこと!?

「ま、前から気になってたんだけど、なんで小動物なの？」

　ずっと気になっていること。

　聞いてみると、

「小さくて可愛い生き物だから」

　とすぐに返ってくる。

　小さくて可愛い!?

　それってぜんぜん私に当てはまってないよね!?

「違うもん」

　頬をふくらませて否定する。

　すると、私を後ろから抱き締める詩優はつんつんと頬を突っついてきて。

　私はくるりと後ろを向いて彼に「バカ」と一言。

　そして、キスをひとつ。

　甘くて温かい熱が触れて、すぐに離れて。

　だんだん恥ずかしくなってきてすぐに前を向こうとした、が。

「ん」

　詩優は目を閉じてキスを求めてくる。

　もう1回して、ということだろうか。

　私は目を閉じたままの詩優に顔を近づけて、もう一度キスを落とす。

　唇に触れたのは一瞬。

　詩優の腕の力が少しゆるんだ気がして、すぐに立ち上がって彼の膝の上から退く。

　恥ずかしくて自分の部屋に戻ろうとしたら、手首をつかまれて。

「隣においで」

　耳に届く声。

　……どうやら私は逃げられないみたいだ。

　大人しく詩優の隣に座ると、彼は私の肩の上に自分の頭をのせてきた。

　もしかして、これは……!!

　詩優が甘えてきてる!?

　うれしくて、心臓がドキドキ。

　私は彼の黒髪に触れて、ゆっくりなでてあげた。

　いつもは私がなでてもらってるから、そのお返し。

　少しでも詩優が安らげる時間になるといいな……。

　そう思いながらなで続ける。

　一緒に暮らすようになってから、同じシャンプーを使ってるはずなのに、なんで詩優の髪は私よりもこんなにさらさらで、いい匂いなのか。いいなぁ。

「前から思ってたんだけど、詩優の髪ってさらさらしてるよね」

「そうか？」

「うん。ワックスとか使ってないよね」

「まぁね。中学の時は使ってたけど」

「え!?」

「髪ツンツンに立たせてた」

　髪の毛ツンツンの詩優!!

　それはぜひ！

「見たかった……！」

「あの時の写真とかねぇからな……」

　写真がない、ということは詩優のツンツン頭が見れないということ。

　……見たかったな、中学生の詩優。

　詩優の耳をなぞっていたら。

「あ、卒アルにはのってるか」

　思い出したようにつぶやいた彼。

「見たい!!」

　見せて、と付け足すと、

「どこにしまったか忘れたから、今度探しとく」

　と返してくれる。

「お願いします！」

　竜二さん、倫也、明日葉、京子も詩優と同じ中学校だから、みんなの写真も見ることができる!!

　うれしくなってまた詩優の頭をなでていたら、

「もっとして」

　と言う詩優。

　詩優がたくさん甘えてくるから、頭をなで回したり、抱き締めたりした。

　甘えモードの詩優は本当に可愛い。

文化祭デート

　今日は、待ちに待った文化祭。
「妃芽乃さん!!」
　朝のホームルームが終わって、いきなり声をかけてきたのは文化祭実行委員の女の子。
　焦（あせ）ったような表情をしていて、なにかと思ったら。
「メイド服着て接客やらない!?」
　次に言われたのはまさかの言葉だった。
「な、なんで急に……」
「メイド役の子が欠席でね、1人足りなくなっちゃったの!!」
　お願い、と言って私の手を取り迫ってくる。
　というか、なんで代わりに私が!?
　私には絶対に似合わないのに……!!
「わ、私には無理だよ……。ほ、他に似合う子がいるんじゃない？　京子なら……」
　美人だから似合うこと間違いなし。
　京子のメイド服姿を見てみたいという私の願望もある。
「結城（ゆうき）さんは身長が高めだから、どうしてもサイズが合わなくて。だから、頼めるのは身長的にも妃芽乃さんしかないの!!　お願い!!」
　さらに距離を詰め、まっすぐに見つめられる。
　私が着てもみんなの目を汚すことになるだけで。こんな

にお願いされているけど、私には力になれそうにないよ。

「私、裏方の仕事があって……」

「それなら大丈夫!! さっき妃芽乃さんに声かけていいか裏方班に聞いて、許可もらったから!! どうしても仕事が回らなそうだったら先生も手伝ってくれるって!!」

　……そ、そんな。

　裏方班のみんなが許可まで出していたなんて。それでも私はやっぱり無理だよ。

　心の中で謝って、口を開こうとしたら──。

「衣装班の人たちがせっかく一生懸命メイド服を作ってくれたから、それを着ないなんてもったいなくて……。妃芽乃さんは可愛いから、絶対似合うと思うんだ」

　だからお願い、と今度は潤んだ瞳で見つめられる。

　衣装班の人たちが作っていたメイド服。放課後も居残りしてまで作っていたみたいで。

　一生懸命作ってくれたものを一着だけ着ないなんて、確かにもったいない。

「お願い、妃芽乃さん」

　ぎゅっと強く手を握られると、断ることができそうになくて……。

「やります」

　と答えてしまった。

　目の前の女の子は、ぱあっと笑顔に変わる。

「本当にありがとう!! 詳しいことは後で話すから、一緒に頑張ろうね!!」

　そう言って、走って行ってしまった。

　……どうしよう。引き受けちゃった。

「花莉」

　いろいろ考えていたら、私の名前を呼ぶ声がした。

　ぱっと前を見ると、目の前には京子がいて。

「メイド、やることになったんだってね」

　気のせいか、京子はにやにやしている。

「ど、どうしよう……」

「花莉は可愛いし、メイド服は絶対似合うから大丈夫よ」

　安心させるように私の頭をなでて、京子は自分のカバンの中から花柄のポーチを取り出した。

　そのポーチを開けると、中には化粧品がたくさん。

　私の前髪をピンでとめると、ポーチの中からなにかを取り出してシャカシャカ振る。

「ベースメイクだけでも今やっちゃおうね」

　京子は優しく微笑むと、ファンデーションを手に出して。それを私の顔にぬっていく。

「花莉はもとから可愛いんだから、自信持ってよね。それに今日は詩優と文化祭デートなんでしょ？　もっと可愛くなった花莉を見せて夢中にさせてやればいいのよ」

「でも……」

「絶対に可愛いんだから。もうなにも気にしないの」

　京子はそれ以上私になにも言わせてくれず……。

　私はおとなしくお化粧されていた。

　校内がキレイに装飾（そうしょく）されていて、みんなお祭り気分で楽しそう。

　私、京子、明日葉の3人でタピオカを買って足を進めていたら、

「雷龍のメンバーってお化け役なんでしょ!?」

「そうらしいね!!　めっちゃ見てみたい!!」

「脅（おど）かしてきたら抱き着いてもいいかな!?」

「それいいかもね!!」

　4人組の女の子が興奮気味に横を通り過ぎた。

　詩優はあと1時間したら自由時間で、その時間まで私は京子と明日葉と文化祭を回っているところなんだけど……なんだ、今のは。

『抱き着いてもいいかな!?』

　って!!　そんなのだめに決まってるのにっ!!

「ここ座ろー!!」

　明日葉は小走りで向かって、ベンチに座る。

　私と京子も腰を下ろすと、

「これ飲んだら1組のお化け屋敷行こっか」

　そう言ってにこりと笑う京子。

　お化けは苦手だけど、詩優のお化け役を見ないで文化祭を終えるのはやっぱりもったいない。竜二さんや倫也だって、どんなお化けになっているのか気になるし……。

「うん」

　うなずいてから、タピオカミルクティーを一口。

　もぐもぐと口を動かすと、もちもち食感のタピオカの甘

さが広がった。

「美味しいっ!!」

「花莉の一口ちょーだい!!」

　明日葉がキラキラした目で私を見つめる。

「いいよ」

「ありがとー!!　あたしのいちごミルク味も飲んでいいよ!!」

　明日葉は自分が持っているものを私に差し出す。

「京子も飲んでいいよー!!」

　明日葉が自分のタピオカを差し出して、私も「私のもどうぞ!」と差し出した。

「ありがとう」

　みんなで交換して美味しく飲むと、中庭にあったステージで何かが始まる。

　ステージの上には、ドラムセットとマイクスタンドが設置してあって。ステージに上がったのは４人の男子生徒。そのうちふたりはギターとベースを持っている。

　これから軽音部のライブが始まるんだとわかった。

　なんか、文化祭っぽい。

　私たちは演奏を聴いて、そのあとに１組の教室へと向かった。

　お化け屋敷はまさかの大行列。

　詩優と竜二さん、倫也の３人がいるからさすがというべきか……。

　最後尾につこうとしたら、

「ここどうぞ!!」

「良かったら先に入ってください!!」

　なんと１番前に並んでいた女の子たちが私たちにそう言った。

　そうだ。詩優たちだけでなく、雷龍の幹部である明日葉や京子も大人気。さっきだって他校生から握手やサインだって求められていた。

「えっ!? いいの!? ありがとー!!」

　明日葉は遠慮なく１番前に入れてもらう。

　……なんだか、ちゃんと並んでいる人に申し訳ないような。

　後ろに並んだほうがいいよな、と思ったら「お次の方、これ持って中に入ってくださいね」と１組の生徒から懐中電灯を手渡された。

「それでは、いってらっしゃーい」

　教室に入るように促される。

　入口の前で立ち止まっているわけにもいかず、私たち３人はありがたく行かせてもらうことにした。

　３人で教室内に足を踏み入れると、扉が閉められて。

　一気に視界が真っ暗になる。

　慌てて手に持った懐中電灯のボタンを押す。

　これでも暗い。スマホのライトなんて絶対つけちゃいけないだろうし……これで進むしかないんだ。

　足を１歩前に出そうとしたところで、

「わっ!!」

　急に声を上げる京子。

　その声に心臓が跳ねた。

「「わっ!?」」

　明日葉と私の声がハモる。

　心臓がドキドキバクバク。

　次に、ふふっと京子の笑い声が聞こえてくる。

　お、脅かされた……!?

「ごめんね?　ふたりともびくびくしてて可愛かったから、つい。お詫びに先頭行ってあげるから許して?」

　私の代わりに懐中電灯を持ってくれる京子。

「じゃあ行くわよ?　ちゃんとついて来てね」

　京子は楽しそうにゆっくり前に進んでいく。

　置いていかれないように、慌てて京子の制服をつかんだ。

明日葉は私の肩をつかんで、3人で並んでゆっくり歩いた。

　足元もよく見えなくて、いつお化けが出てくるのか予想できない。

　すると、

「わぁっ!?」

　後ろから聞こえてきた明日葉の声。

　その声に私の心臓は再び跳ね上がる。

「い、い、今!!　うなり声聞こえなかった!?」

　明日葉は私の腕にぎゅっと抱き着く。

　気のせいか、明日葉は震えていて。

　もしかして、もしかしなくても、明日葉も怖いものが苦

手なのかもしれない。

　っていうか、うなり声って!?

「き、気のせいだよ!!」

　そう言って、奥へ行くと……。

「ぎゃーっ!!」

　明日葉は急に大きな声で叫んで、私の腕から離れてすごい速さで走り去っていく。

「!?」

　京子が懐中電灯を向けると見えたのは——。

　白い着物を着た髪の長い人。

　髪の隙間から見える色白の肌。口元はにやりと不気味に笑う。

　心臓が止まるかと思った。

　ついに見てはいけないものを見てしまった、と……後悔しても遅い。

　髪の長い人が1歩ずつ近づいて来る。

　この場から逃げたいのに足が1歩も動かない。

　もうだめだ、そう思った時に。

「倫也。あんまりいじめんな」

　突然優しい声が降ってきて、視界が真っ暗になる。

　とん、っと抱きとめられた体は、布のようなものに包まれて私の恐怖を和らげていく。

「詩、優……っ」

　声を出せば涙が出てきて、優しい声の人物にぎゅっと抱き着いた。

「脅かしてたの倫也だから。大丈夫」

　詩優がそう言うと、

「あははっ、ごめんね？　ひめちゃん」

　倫也の笑いながら言う声が聞こえてくる。

　おそるおそる顔を出してみると、カツラをとって大笑いしてる倫也がいた。

「……倫也のバカ。嫌い」

「ひめちゃんと明日葉、反応良すぎ!!」

　倫也は思う存分笑って、「ふぅ」と息をつくと、

「明日葉追いかけてくる〜」

　とすごい速さで走っていった。

『俺ら、お化け役だから』

　恐怖が消えて、ふと思い出したこと。

　詩優がお化け役だって。

　私を包み込んでいるこの布は詩優の衣装なんだろう。

　……すごく見たい。

　せっかくここまで来たんだから、見てもいいよね？

　布の中から出ようとしたら、詩優は私をぎゅっと後ろから抱き締めてそれを阻止する。

「俺、怖ーい格好してるから」

　私への気遣いだろうけど……詩優のお化け姿を見てみたい気持ちのほうが強い。

「……見たい、から見せて」

「怖くなってもしらねぇからな」

「うん」

「じゃあここから出たら見せてやるよ」

　詩優は私を抱き締めていた腕をほどいて、包み込んだ布から出してくれると、手を握る。

「──竜二にはぴったりの役ね」

「……そう言われるのは少し複雑だが」

　京子と竜二さんの話し声が近くでして、目を向けると。

　京子の前には、般若のお面を取った竜二さんがいた。竜二さんは顔の下から懐中電灯の光を当てていて。

　おそらく、それで京子のことを脅かそうとしていたんだろう。

「京子はまったく余裕そうだが……。妃芽、大丈夫か？」

　竜二さんは私の視線に気づいたのか、こっちに目を向ける。

「な、なんとか、無事です」

「それなら良かった。詩優、ふたりを出口まで頼んだ」

　竜二さんのその言葉に「おう」と返事をする詩優。

「私は平気！　お邪魔だから先に出口まで行ってるわね!!」

　京子は急に大きな声を出して。

　懐中電灯を持ったままこの場を去る。

　京子っ!!

　追いかけようとしたが、私は懐中電灯を持っていないから怖くて前に進めなかった。

「花莉は目、つぶってろ」

　つないだ手をさらに強く握って。

　詩優が歩き出すから、私はぺこりと竜二さんに頭を下げ

て、言われたとおりに目を閉じて足を動かした。

　しばらく歩いたところで、ガラッと扉が開く音が耳に届く。

「花莉、もう出口だから。目、開けて大丈夫」

　そう言われてゆっくり目を開ける。

　まぶしすぎるくらい明るい光。

　校内にいる人たちの楽しそうな声が聞こえてきて。

　ちらりと詩優に視線を向けた時——。

　思わず目を見開いた。

　男の人を可愛いなんて思うのは、喜ばない人のほうが多いと思うけど……、今の詩優を見て可愛いと思わない人なんていないだろう。

　黒髪から２つ、ぴょこんと飛び出している黒い犬耳。

　白いシャツの上に赤いベスト、黒いズボンに黒いマント。口元からはキラリと輝く鋭い牙。

　犬の吸血鬼、だろうか。

　お耳が生えてるから、怖さなんて感じさせない。むしろ可愛すぎて……、もふもふしたい。

　そんなことを言ったら怒られてしまうだろうか。でも、触りたい。

「詩優！　しゃがんで！」

　私がそう言うと、詩優は不思議そうにしながらも私の前にしゃがんでくれた。

　ぴょこんと生えた犬耳にそっと手を伸ばして触れてみると、すごくやわらかくてふわふわしていた。

　可愛い。可愛すぎるよ。

　夢中で耳を触って、彼の頭をなでる。

　詩優が黒髪だから、この犬耳はすごく似合っている。まるで、本当に耳が生えてるんじゃないかと思うくらい。

「わん」

　そう鳴いて、私をじっと見つめる仕草が可愛すぎて、さらさらの黒髪をなで回す。

　お化け屋敷にこんなに可愛い詩優がいたらみんな放っておくわけないじゃないか。

『脅かしてきたら抱き着いてもいいかな!?』

　もう、誰かに抱き着かれちゃったあとだったらどうしよう。不安になっていく。

「私以外にもこうやって触られてない……？」

「…………」

　口をつぐむ詩優。

　これは、もう誰かに触られたということだろうか。そんなのやだ。

　目の前の詩優をただ見つめていると、急に口角が上がる。

「!?」

　まるでなにかを楽しんでいるような意地悪な顔。

「どうだろうな？」

　やっと口を開いたかと思ったら、詩優はちゃんと答えてくれない。

　ちゃんと答えてほしいのに。胸がもやもやする。

「どっちがいい？」

　やっぱり答えてくれず、詩優は私に聞いてくる。

「そんなの、詩優に私以外の女の子が触れたら嫌に決まってる」

　私が答えると詩優は満足そうに笑って、

「俺は花莉のだから。飼い主である花莉以外には懐かねぇし、触らせねぇよ」

　ぽんぽん、と私の頭をなでてくれる。

　……他の人に触られてないんだ。

　ほっとひと安心。

「夜瀬くん！！」

　ふと詩優を呼ぶ声が後ろから聞こえてきて、目を向けると1人の女の子がこっちに向かって走ってきた。

　ゆるふわに髪をきれいに巻いた女の子。声まですごく可愛い。

「あ、関根。悪い、すぐ戻るから」

　その子は詩優と同じクラスみたいで、普通に話している。

　気のせいか、私はその子を以前どこかで見たことがあるような……そんな気がした。

「夜瀬くんはもう交代でいいよ！！」

　笑顔で話す女の子に、「いや、悪いから戻る」と返す詩優。

　でも女の子は「遠慮なくデートしてきて！！」と詩優の背中を押して。

「さんきゅ」

　と返事をした詩優。

　それから彼は私の手を取って、廊下にいた明日葉、倫也、

京子のところに移動。

　明日葉は無事だったみたいで、倫也の両肩をつかんで強く揺さぶっている。

「廊下でイチャイチャしてたわねぇ」

　にやにやしながら私と詩優を見てくる京子。

　詩優は気にせずに私の頭をなでてから

「俺、着替えてくるから。花莉はここで待ってて。知らないやつにはついて行くなよ」

　そう言うと私から離れて行ってしまう。

　……着替えちゃうんだ。

　もふもふのお耳でせっかく可愛いのに。

　もう二度と見ることができないと思ったら寂しくて、私は詩優の袖をつかんだ。

「写真撮ってもいい？」

　そう聞けば、

「ツーショット撮ってあげるわよ」

　と聞こえてきた声。

　その声は詩優の声でなく、京子の声。

　ツーショット……！！

　文化祭の思い出になる！！

「せっかくだから撮ってもらうか」

　詩優もうれしそうにして、私も「うん！」とうなずく。

「じゃあ、撮るわね」

　京子が私と詩優にスマホを向けて、私はとりあえずピースをした。

「はい、チーズ」

　──カシャッ。

　聞こえてくるシャッター音。

　１枚で終わりかと思って、ピースした手を下ろしたら、連続で聞こえてくるシャッター音。

　まさかの……連写。

　絶対何枚か変な顔になっていると思うけど、慌ててまたピースをした。

　何十枚と写真を撮られて、やっと手を止める京子。

　こ、今度こそ終わった？

「さんきゅ、京子。あとでその写真送って」

　詩優がそう言って歩き出すから、また袖をつかんで引きとめる。

「さ、最後にもう少しだけもふもふさせて……？」

　せめてあと１回だけ。

　少しだけでいい。少しだけでいいから……。

　私は詩優をじっと見つめて、お願いビームを送る。

　詩優は嫌がるかと思ったが、すぐにしゃがんでくれて。

　もふもふの犬耳とさらさらの髪を最後になで回した。

　詩優の犬耳姿、やっぱり可愛くて大好きだ。

　またいつか、見られる機会があるといいな。

「花莉はお好み焼きとたこ焼き、どっち派？」

「たこ焼き！！」

「じゃあたこ焼き食べよ」

　詩優は私の手を引いて屋台に並ぶと、たこ焼きと、一緒に売っていたたい焼きを購入。

「あーんして」

　さっそくパックを開けて、詩優は私の口元にたこ焼きを近づけてくる。

　食べさせてくれるということなんだろう。

　でも、なんか……さっきからすごいたくさんの視線を感じる。

　詩優が雷龍の総長で、イケメンだから。

　彼はこの視線を気にしていないみたいだけど……。見られながら口を開けて食べさせてもらうのは、かなりの勇気がいることで。

「で、できたてで熱そうだよ……」

　恥ずかしくて逃げようとしたが、「できたてが一番うまい」と言う詩優。

　確かにそうだけど……。

　熱すぎて舌をヤケドしてしまいそうだ。

「あーん」

　詩優はたこ焼きを食べさせることを諦めないから、私はたこ焼きにふーふーと息を吹きかけて。

　冷ましてからぱくりと食べた。

　口の中に入れるとやっぱり中は熱々。

　でも、とろとろしていてすごくおいしい。

　思わず頬がゆるむと詩優に「可愛い」と笑われた。

「……っ」

「座って食べよ」

　私の手を引いて、近くにあったベンチに座る。

　そこで一緒にたこ焼きを食べて、さっき買ってもらったたい焼きを袋から取り出す。

　文化祭を楽しみながら一緒に外で食べるのはおいしくて、いつもよりたくさん食べられる。

「いただきます」

　たい焼きをもぐもぐと食べ進めていくと、中にたっぷり入っていたクリームがあふれそうになる。慌てて食べると、口元にクリームがついてしまう。

　大変、ティッシュ、ティッシュ、っと。口元を拭こうとしたら、急に詩優の顔が近づいてきて──。

　口元をぺろっと舐められた。

「クリームもうまい」

　詩優はそうつぶやいて、次に私が手に持っていたたい焼きを一口ぱくり。

　おいしそうにもぐもぐしながら離れていった。

　……な、なにが起きて!?

　い、今、舐められた!?

　数秒後にやっと状況を理解することができた私。

　心臓が早鐘を打つ。

　顔が熱くなって下を向いた。

　……やっぱり、詩優は犬みたい。急に、な、舐めるんだもん。

「小動物さん」

　詩優は声をかけてきて、自分のあんこのたい焼きを私に差し出す。

　一口ぱくりともらうと、頬がゆるむ。

　ふと前を見ると、やっぱりたくさんの人の視線がこっちに集中していた。

　さっきの……見られたってことだよね!?

　は、恥ずかしい……。

　私はしばらく前を向けそうになくて、うつむいたまま残りのたい焼きを食べた。

「敵対している族の人、文化祭に来てたりするのかな」

　体育館で演劇を見終わった後、気になって歩きながら詩優に聞いてみる。

「さっき知った顔を見かけたから、来てる」

　来てほしくない、と思っていたけどまさかの。

　なにもトラブルが起きないことを祈るのみ。

「花莉のクラスには明日葉がいるし、俺たちも遊びに行くから大丈夫だって」

　私を安心させるように手を強く握ってくれる。

　そうだよね。雷龍最強の幹部、明日葉が私のクラスにいるんだもん。大丈夫、だよね。

　そう思いながら教室棟へと向かった時、私はあることを思い出した。

　それは、とても重要なこと。

　私が急遽メイド服を着ることになった、って。まだ詩優

に伝えてない。

　私が準備するまであと20分。

　詩優はさっき、遊びに行くと言っていた。私のクラスに来るということは、まったく似合っていないメイド姿を詩優に見られるということ。

　やばい。

　どうしよう。こんなの言えるわけない。

「う、うちのクラスには……来なくてもいいんじゃないかな……？　ね、詩優」

　ゆっくり休んでたほうがいいよ、と付け足してみたが詩優は「行く」と即答。

　あまり強く抵抗したら、なにかあるのかと怪しまれるかもしれない。

　どうしよう……。

　頭をフル回転させていたら、

　手に持ったスマホが急に振動して。

　なにかと思いスマホを見ると、画面には【お母さん】と表示されていた。

　お母さん？

　なにかあったのかもしれないと思い、すぐにタップした。

　すると、表示された文字。

【花莉、元気にしてる？　夜瀬くんとも仲良くしてるかしら？　おいしいみかんジュースをもらったので、今度そっちに送るからふたりで飲んでね。

　ところで、ひとつ花莉に確認してほしいことがあるの。

私が仕事で使う書類が花莉の荷物に紛れ込んでるかもしれ
なくて……。

　もしあったら送ってくれるとうれしいです。

　それと、時間があるときにでもこっちに遊びに来てね】
「メール？」

　詩優の声が降ってきて、「お母さんから」と答える。
「花莉、今度送ってやるから母親のところに顔見せに行っ
たら？　泊まりで行ってもいいし」

　聞こえてきた声に、私は詩優と目を合わせる。
「いいの!?」
「行く日決めて俺に教えて」
「ありがとう!!」

　お礼を言ったところで、ふと大行列が目に入った。

　列は4組の教室まで続いていて。賑わっているのは私の
クラスだった。
「すげぇ混んでるな、4組」

　詩優はその様子を見て、
「20分前だけど、もう戻る？」

　と私の顔をのぞき込む。

　まさかこんなに混むとは……。忙しいだろうから早めに
行った方がいいのかもしれない。
「うん、そうするね」

　私が返事をすると詩優は教室の前まで連れて行ってくれ
て、手を振る。
「あ!!　妃芽乃さん!!」

　私にすぐに気づいたのは文化祭実行委員の子。私のもとまで駆け寄ってきて

「早く着替えに行こうか!!」

　私の手を取って歩き出す。

　結局詩優にメイドのことを言えず……心は焦るばかり。

　ど、どうしよう……。

番犬 ～詩優side～

　その子を見た時、天使かと思った。

　いつものストレートヘアはツインテールになっていて。頬が赤く染まって、主張しすぎないぷるぷると艶がある唇。

　そして、その子に良く似合う紺色のメイド服。

　すらりと伸びた細くて長い足には白いニーハイソックス。頭にはレースがついたカチューシャ、胸元には赤い大きなリボン。

　メイド服の丈はいつもの制服のスカートよりも短くて、なんだか大人の色気すら感じられる。

「…………」

　俺は何度もまばたきしてその子を見つめた。

「え、へへ……」

　頬を真っ赤に染めながらその子ははにかみ笑い。

　可愛すぎて、他のやつに見せたくなくて。自分が着ていたセーターを肩にかけてやると、気づいたら俺は、その子の——花莉の手をとって教室を出ていた。

　教室から出る時も、階段を上る時も、花莉は俺に「教室に戻らないと迷惑がかかっちゃう!!」と言っていた気がする。

　けど、ちゃんと聞く余裕すらなくて……いつもの空き教室に入った瞬間、思いっきり抱き締めた。

「わっ!!」

　いつもと髪型が違うから、花莉のツインテールがさらりと俺の頬に当たる。

　花莉の髪はやわらかくて、甘い匂いがふわりと漂った。

「……反則」

　どれだけ俺に惚れさせれば気が済むのだろうか。

　……可愛すぎんだろ。

　腕の中で硬直したままの彼女は「へ?」と小さな声を上げる。

　どうやら意味がわかっていないようだ。

「可愛すぎなんだよ」

　そう言うと、やっぱり「……へ?」と小さく声を上げて。そして、ぎゅっと俺のシャツをつかんだ。

　気になって腕の中にいる女の子をのぞき見しようと少し腕の力をゆるめて、体をほんの少し離す。

　でも、残念ながら可愛い顔は見えない。

「……顔見せて」

　俺がそう言うと、彼女は小さな声で

「今、絶対顔赤いからだめっ……」

　と返す。

　顔赤いんだったら、なおさら見てぇんだけど。

　体をもっと離してちゃんと顔を見ようとしたが、花莉はぎゅっと俺に抱き着いて胸に顔を埋める。

「俺に可愛い顔見せてくんねぇの?」

「……っ」

「もっと見せて、花莉」

　可愛すぎて思わず抱き締めちまったけど、メイド服姿だってもっとちゃんと見たい。

　つーか、花莉は裏方じゃなかったのか？

「だめ？」

　もう一度、花莉に聞いてみる。

「少しだけ、なら……いいよ」

　俺に抱き着いていた手をゆるめて、花莉は俺から離れた。

　花莉の肩にかけたセーターをぐいっと引っ張ると、花莉は力を抜いてされるがまま。

　まぶしいくらいのメイド服姿があらわになる。

「あー……まじで。……好き、なんだけど」

「……っ」

　花莉は顔を真っ赤にしたまま口をパクパクさせるから。

　口をふさぐように、唇を重ねる。

　一瞬だけ、触れるだけのキスを。

　唇を離したら、花莉は真っ赤な顔で俺を見つめたまま目をぱちくりさせる。

　そして、しばらく見つめた後、そっと俺に手を伸ばす。

　しかも触れたのは唇。

「詩優にもグロスついちゃってる……ごめんね」

　そう言って花莉は背伸びをして、俺の唇を指先で拭う。

　上唇に指を滑（すべ）らせて、続いて下唇へ。

「別にいいのに。気にしねぇから」

「だめっ!!　私が気にするの……っ!!」

　必死に言う花莉に、もう一度キス。

　またまた触れるだけの短いキスを。

「……だめっ」

　背伸びしてまた手を伸ばす花莉。

　その手をパシッとつかんで、また唇にキス。

　すぐに離してあげると、

「だめだってば……っ」

　俺の足を軽く踏んで攻撃された。

「もう……教室に戻らないと……」

　俺から離れて空き教室の扉に向かって歩こうとした、彼女の腕をつかんで止める。

「だめ。つーか花莉は裏方じゃなかったの？」

「欠席の子がいて……。急遽私がメイドやることになったの」

「危ねぇからだめ」

　その格好だと男が寄ってくること間違いねぇだろ。

「危なくなんてないもん」

「誘拐される」

「……そんなことされないもん」

「お菓子あげるからおいでって言われたら、ついていくくせに」

「そんなにバカじゃないよ!!」

　ついていきそう……。

　っていうか、

「俺がお前を独り占めしたいから行くな」

　花莉はピタリと動きを止めて、真っ赤な顔で俺と目を合わせる。

　一瞬手を離したすきに、勢いよく扉を開けて走っていく花莉。

　予想外な行動で、彼女の後ろ姿を見送ってしまった。

「……まじか」

　すきをつかれるとは思わなかった。

　俺も空き教室を飛び出して、花莉の後を追う。

　すぐに後ろ姿が見えた。それから、腕をつかんで引き止めることに成功。

「……捕まえた」

　ぱさっとまた花莉の肩にかけたのは俺のセーター。

　息を乱しながら、花莉は俺の手を振り払おうとするが、振り払おうとしてるだけで、ぜんぜん力がこもっていない。

「俺のセーター着て、前ボタンとめた状態だったら行ってもいいよ。もし、それ脱いだりしたら……嫌ってほどキスするから。そんなところとかあんなところにも」

　セーターの前ボタンに手を伸ばしてプチンプチンととめても、完全にはメイド服を隠せない。

　この姿でも本当は花莉を教室に返したくないけど……クラスに迷惑がかかるんじゃ仕方ない。

「……なっ!?」

「わかったら行っていーよ」

　つかんだ手を離して、今度こそ花莉を逃がす。

「詩優の変態っ!!　絶対キスさせないもん!!」

　真っ赤な顔でまた走っていく花莉。

　俺は歩いて、４組の教室へと向かう。

　これから番犬の仕事だからな。

　花莉は可愛いから狙われないように見守る、っていう仕事。

「お、おかえりなさいませ……ご、ご主人様」

　４組の教室に入ると花莉がお出迎え。

　彼女は俺の言った通りセーターを着たまま。

「いい子いい子」

　頭をなでてあげたら、花莉は、

「し、仕事中なので、触るのは禁止です」

　と頬をふくらませた。

　たぶん、というか絶対、セーターを着せたことを気にしてる。

　花莉が可愛すぎて危ないから着せたのに。

　けど今も、花莉のことをじろじろと見ている男たちだっているし。もう少し身の危険を感じてほしい。

「……ご、ご主人様、お席にご案内します」

　花莉はぷいっと後ろを向いて歩き出すから、俺はそのあとをついて行く。

　さっきもだけど、"ご主人様"って言われた……。

　なんか新鮮でいいな。

　彼女のあとをついて行くと目に入るのは、細くて長い足。

　全部はセーターで隠すことはできないから、大胆に見え

ている。

　……やっぱすげぇ心配。

「お席はこちらです」

　花莉に案内された席には、もうすでに倫也と竜二が座っ
ていた。

　俺がさっき花莉をさらった時に来たのか。

「10分制ですので気をつけてください。あと、メニューは
そちらにありますから決まったら呼んでください」

　では、と去っていく花莉。

　大人しく倫也の隣の席に座ると、倫也はにやにやしなが
らこっちを見てきて。

　俺は気にしないように、席に置かれたメニューを見た。

　メニュー表には飲み物とお菓子。

「さっき聞いたんだけど、写真は撮れないってさ〜」

　倫也のその言葉で俺はひと安心。

　写真なんてあったら心配で心配で、じっとしていられな
い。

　他の男と花莉に写真なんて撮られてたまるか。

　俺だってあんまり花莉の写真持ってねぇのに。

「メニューは決まったか？」

　竜二に聞かれて我に返る。

　もう一度メニューを見ると、飲み物のところにココアが
あった。

　これでいいか。

「決まった」

　そう答えれば、

「じゃあ詩優、ひめちゃん呼んで〜」

　と言う倫也。

　指名制じゃねぇと思うけど……。

　そう思いながらも花莉に目を向けると、バチっと合わさる視線。

　花莉は思い出したように頬をふくらませてぷいっとそっぽを向くから

「花莉」

　と呼ぶ。

　すると彼女は無視することはせずに、渋々俺たちの席に来てくれる。

　それから注文をすると、花莉はメニューのあるところを指さした。

「……このクッキー、私も一緒に作ったの」

　小声で言うと、じっと俺を見つめてくる花莉。

　さっきまで頬をふくらませていたのに、こういう時はキラキラした瞳。

　可愛すぎかよ。

「そのクッキーも追加で」

　そう伝えると、うれしそうに笑って。

「じゃ、じゃあ、このセーターも脱いでいい？」

「それ脱いだらどうなるか、さっき言っただろ」

「…………」

　ノリで許可すると思ったのか。

　そう考えるところも可愛いけど、他の野郎に全部花莉の可愛いところを見せたくねぇ。

　花莉はまたまた頬をふくらませて、

「私は案内と注文とる係だから、次は来ないからね!!」

　と言って去っていった。

　次、っていうのは注文したものを運ぶ係のことだろうか。

　もう、近くで見れないのか……、と残念に思ったが──。

　花莉は頬をふくらませながら、注文したものをトレイにのせてやって来た。

「あ、もしかして、あれあったりするの?」

　にやにやする倫也。

　あれ、ってなんだ?

「……こ、これが最初で最後だからね」

　花莉は顔を真っ赤にしながら大きく息を吸って。

　両手でハートをつくると。

「お、おいしくな〜れ、萌え萌えキュン」

　手でつくったハートを、注文したものに向ける。

　よほど恥ずかしかったのか、花莉はすぐに顔を隠して、

「では!!」と裏方の黒いカーテンの中へと走り去っていく。

　心の準備なんてしていなかったから、ドキドキと暴れる心臓。

　……い、今の、すげぇ可愛かった。

　あー……、もう1回見てぇ。

　黒いカーテンへと目を向けると、京子が顔を出してこっちを見てにやりと笑った。

　おそらく、京子が花莉を無理矢理俺たちのテーブルに行かせたんだろう。

　感謝感謝。

　その後、誰も変に花莉にからむことはなく、文化祭は無事に幕を閉じたのだった。

Chapter 2

離れている間

「なんか今日、寒いね」

「昼から晴れる予報だって。それまでは寒いし、バイクに乗ったらもっと寒くなるから温かくしとけよ」

「うん」

「ほら、俺の上着貸してやるから」

　詩優から黒いパーカージャケットを受け取って。

「ありがとう」

　私はそれをワンピースの上から羽織った。

「忘れ物ない？」

「お母さんに頼まれた書類もちゃんとカバンに入れたし、たぶん大丈夫！！」

「じゃ、行くか」

「お願いします」

　それから私たちは外へと出て、詩優のバイクに乗って。

　【今から出発します！！】とお母さんにメールを送信。

　文化祭の振替休日で3連休。私は1泊2日で、お母さんに会いに行くことにした。お母さんが仕事で使う大事な書類が、私のものに紛れ込んでしまっていたから、それを届けるためもある。

　お母さんが住んでいるアパートは、詩優のマンションからバイクで約3時間もかかってしまう。

　かなり遠い……。

　もし、私もお母さんについて引っ越していたら詩優と毎日は会えなかっただろう。

　離れなくてよかった……。

「花、久しぶり」

　詩優と別れ、お母さんのアパートに行くと、部屋から出て来たのはピンクメッシュの髪色の冬樹くん。

　冬樹くんは私のいとこで、昔はよく遊んだ。成長した冬樹くんが私の前に現れたのは、冬樹くんが世界No.2の暴走族『鳳凰』に入っていたときだ。

　雷龍と鳳凰の抗争が終わってから会っていなかったけど、まさかここで再会するなんて。

「……冬樹、くん？　お母さんは？」

「仕事で少し遅れてる。ご飯作ったから、桃花さんが帰ってきたら食べようか。デザートは花の好きなプリン買ってきたよ！」

「え!!　ほんと!?」

　プリンは私の大好物。小さい頃から大好きでよく食べていた。

「可愛いなぁ、花は」

　ぽんぽん、と頭をなでてくれる。なんだか子ども扱いされているような気がする。

「子どもじゃないもん！」

「プリンでつられる花はまだまだ子どもだよ。それより長旅疲れただろ？　早く中に入って！」

　冬樹くんは私が持っていた荷物を取ると、部屋の中へと促す。

「お、おじゃまします……」

　冬樹くんがなんでいるのか、とか聞きたいことはたくさんあるけど、言われた通りに部屋へと入る。

「こっちが洗面所だから手、洗っておいで。先におやつでも食べようか」

「うん！」

　私は洗面所に行って手を洗うと、冬樹くんがいるリビングへと向かった。

「俺、暴走族から縁を切りたくて、なんの準備もなしにこの街に引っ越してきたんだ。泊まるところを探してた時に桃花さんと偶然会って。ありがたいことに、ここに泊めてくれたんだ。今はマンションを借りて、そこから学校に通ってるんだけど……、気にかけてくれてるのか、ときどき桃花さんから、夕飯を誘ってもらってる」

　説明してくれる冬樹くん。

　そんなことがあったなんて。

「……そうだったんだ!!」

「勝手にごめん、花」

「ううん!!　冬樹くんがいてくれて安心だよ!!」

　本当は……お母さんを私が支えなくちゃなのに。

　冬樹くんには感謝しかない。

「そっか……それなら良かった」

　ほっと息をついた冬樹くんは台所に行ってお茶をいれて

くれる。カップに注がれているのは、はちみつ入りのアップルティーだ。

　私は以前、このお茶のいれかたをお母さんから教えてもらったから、きっと冬樹くんも教わったのだろう。

「さ、さ、座って、花」

　言われた通り私が座ると、冬樹くんはマグカップを1つ私に渡してくれて、小さな箱を開けた。

　箱から出てきたのは、小袋に入ったクッキー。

　バタークッキー、それからチョコチップ入りのクッキー、いちごのクッキーの3種類。

　どれも美味しそう。

「夕飯とデザートのプリンが食べられる程度にしておこうね」

　冬樹くんが私を見てにこりと笑う。

「ありがとう!!　いただきます!!」

　さっそく、バタークッキーを1つ手に取って口へと運ぶ。

「おいしいっ!!」

「良かった。花は甘いものが好きだから買っておいたんだ」

　冬樹くんは本当に私のことをわかっている。

「ありがとう!!」

　笑顔で返すと、なぜか冬樹くんに目を逸らされてしまった。

　わけがわからず私はマグカップに手を伸ばして、はちみつ入りのアップルティーをひと口飲む。

　温かくてなんだか心が落ち着く。

　落ち着いた今、……冬樹くんに伝えたいことがある。

　私が鳳凰に捕まって総長の海斗さんに首を絞められた時、冬樹くんも助けに来てくれたことのお礼を言いたい。

　あのあと冬樹くんは絶対に無傷では済まなかったはずだ。鳳凰の総長を裏切ってまで止めようとしたんだから……。

　私が今、生きているのは冬樹くんと詩優のおかげなんだ。

「ところでさ」

　私より先に口を開いたのは冬樹くんだった。

　とても真剣な表情をしていて。

「花は今も、雷龍の姫？」

「そう、だよ」

　ちゃんと答えておく。

「そっか!!　夜瀬とは順調ってことかー!!」

　あはは！　と笑う冬樹くん。

　その笑顔がどこか無理して笑っているように見えて、なんだか不安。

　私の気のせいかもしれないけど……。

　──ガチャリ。

　玄関の鍵が開く音が響く。

　その後に、

「ただいまー」

　というお母さんの声が聞こえてきた。

　私は玄関の方へと小走りで行って、

「おかえりなさい！」

　とお出迎え。

「花莉も夜瀬くんも元気だった？」

「元気だよ!!　もちろん詩優も!!」

「良かったわ！　お腹すいたでしょ？　ご飯にしましょう！」

「うん!!」

　リビングへと移動すると、「おかえりなさい！」と冬樹くんが笑顔で言う。

　今度は無理した笑顔ではなく、本当の笑顔だ。

「いつもご飯作ってくれてありがとね、冬樹くん」

「いえいえ!!　桃花さんこそ仕事のしすぎはだめですからね！」

　お母さんと冬樹くんのやりとりが微笑ましい。

　それに何年か前に冬樹くんは月に何回かご飯を作ってくれていたのを覚えている。

　冬樹くんは料理が上手だからすごく楽しみだ。

　それから3人で冬樹くんが作ってくれたビーフシチューを食べて、デザートにプリンも食べた。冬樹くんが自分へのマンションへと帰ると、母娘の時間が訪れる。

「遠くまで来てくれてありがとね、花莉。書類も助かったわ」

「どういたしまして！」

「ところで」

　と、お風呂から上がったばかりのお母さんはドライヤーを持つ手を止めて、私を見る。

「花莉は夜瀬くんのどこが好きなの？」

　予想もしていなかった言葉。

「!?」

　お母さんはにこにこと笑って興味津々のようだ。

「夜瀬くんには聞いたけど、まだ花莉には聞いてないなって思って」

　さらに衝撃的なひと言。

　お母さんと詩優が、そんな話をしていたなんて……知らなかった。

「夜瀬くん、前に『花莉をください』って私に頭を下げたでしょう？　花莉はあの時、一緒になる気はあったの？」

　お母さんは笑って、私の言葉を待つ。

　抗争が終わって、そのあとに詩優と再び付き合うことになって……。その次の日に、彼は『花莉をください』とお母さんに言ったんだ。

　あの言葉にすごく驚いたけど、うれしかった。

「私、詩優とずっと一緒にいたい、って思ってるよ」

　思っていることが口からこぼれる。

「詩優の嫌いなところなんてひとつもなくて、全部大好きだけどね、優しいところが一番好き。いつも私のこと気にかけてくれて、過保護すぎるくらいに守ってくれて。私が熱を出した時なんて、学校休んで付きっきりで看病してくれたんだよ」

　詩優は、私にはもったいない人。

「そうなのね」

　にこりと微笑むお母さん。

　お母さんとこんな話をするなんて、なんだか恥ずかしくなってくる。

　下を向いた時、

　──ピルルル、ピルルル。

　突然鳴り出した私のスマホ。

　画面を確認すると、【夜瀬詩優】と表示されていた。

「ちょっと電話してくる……っ!!」

　詩優との会話をお母さんに聞かれるのは、なんとなく照れくさい。

　私はスマホを持って、急いで外へと飛び出した。

　通話ボタンをタップすると、

『もしもし』

　大好きな人の声が耳元に聞こえてくる。

　それだけで心臓が早鐘を打つ。

「ど、どうしたの？　詩優が電話とか珍しいね！」

　アパートの階段を下りて、すぐ近くにあった小さな公園へと向かいながら話す。

『ごめん花莉。明日、迎えに行けなくなった』

　詩優の声がすごく寂しそうで、なんだか元気がない。

「なにかあったの？」

　心配になって聞いてみる。

『新しい族ができて、急成長しててさ……。暴れ回ってるみたいだから、放っておくこともできねぇし、会合開くことにした』

「そうなんだ……。気をつけてね」

『さんきゅ。明後日迎えに行くから、いい子で待ってろよ』
「無理しなくていいよっ！　電車で帰れるから！」
　遠いんだから、さすがに詩優が大変。会合が終わった次の日なんて、絶対疲れがたまっているだろうし……。
『危ねぇからだめ。誘拐されんぞ』
「されないよ!!」
『だめ。明後日何がなんでも絶対迎えに行くから待ってろ』
「……無理しなくていいのに」
『お前が危険な目に遭うよりマシ』
「……大丈夫だよ」
　詩優は心配性なのだろうか。
『いーから。絶対待ってろよ』
　念を押して言う詩優に仕方なく「わかった」と答えた。
　なんとなく電話を切りたくなくて、必死に電話をつないだまま変えた話題。
「詩優ってお母さんとふたりで話したことあったんだね」
『前にちょっとな』
「なに話したの？」
　さっき教えてもらったから知ってるけど、詩優が言ったことを知りたいから、わざと知らないフリをしてみる。
『いろいろ』
「いろいろって？」
『もういいから寝ろ。おやすみ』
「あっ！　待って！　切らないで……」
『どした？』

　寂しい……会いたい。

　たった1晩だけなのにそう思ってしまう。もっと声を聞いていたい、そう思うのは私だけなのだろうか。

　そう思うと余計に寂しさが増してくる。

「……お腹（なか）出して寝ないようにね」

『腹出して寝そうなのは花莉だろ』

「そんなことしないよ!!」

『いつも腹出して寝てんじゃん。あ、俺が直してやってるから気づいてねぇだけか』

「え!?」

　うそ……。私そんな恥ずかしい格好してた!?

『うそだから』

　笑いながら言う詩優は絶対面白がっていると思う。

『あー、もう……今すぐ迎えに行きたい』

「だめ。会合あるんでしょ?」

『……ある』

「明後日、迎えに来てくれるの待ってるから」

　私は詩優にそう言って、アパートまで全力で走る。

　あと1日。

　詩優と離れ離れだけど、きっとすぐに会える。

　だけど、その離れている1日が……、まさかあんな嵐のように荒れた夜になるなんて思いもしなかった。

ずっと昔から

「それじゃ、仕事に行ってくるわね。出かけるんだったら
ここに鍵置いておくから戸締りよろしくね」

「行ってらっしゃい！」

「冬樹くんが夕飯を作りに来てくれるから、花莉も一緒に
食べましょうね」

「うん！」

　そうして家には私ひとり。もう1泊することになったの
はいいけど……暇だ。

　お散歩でもしようかな……。

　髪を丁寧に整えてから、スマホと部屋の鍵を持って外へ
と出た。

　たどり着いたのは昨夜来た小さな公園。

　誰も遊んでいなくて、私はブランコへと座った。

　ポケットからスマホを出して、

【おはよう！　そういえば昨日はご飯なに食べた？】

　と詩優にメールを送信していると。

「なぁ泰成!!　あそこにおるの花莉やない!?」

「夜瀬が妃芽乃1人にするわけないやろ」

「でもあの美少女、花莉にそっくりや!!」

　聞き覚えのある声が聞こえてくる。

　まさか……と思い、振り返ると、そこにいたのは【紫】
と金の刺繍が施されたキャップを被った男の人と、茶髪の

ベリーショートの女の人。雷龍傘下の暴走族『紫苑』の総長、泰成さんと姫の真理亜だ。

「やっぱり花莉や!!」

「妃芽乃がなんでこの街におるん!?」

　真理亜は満面の笑みで、泰成さんは驚きながら公園へと入ってきた。

　以前、「姫会」をやった時に真理亜とは仲良くなって。今では時々メールのやり取りもしていて、【夜瀬くんと3回目のえっちは?】なんて聞かれている私。

「お久しぶりです!　えと……私の母がすぐそこのアパートに住んでいて、用事があってこっちに来たんです!」

　急いで立ち上がってぺこりと会釈。

「そうなんやね!!　ってことは今日の会合に花莉は参加しないん!?」

　真理亜は急に寂しそうな表情をする。

「……うん。私はこっちでもう1泊して、明日詩優が迎えに来てくれることになってるから」

「寂しいけど、そんならしゃあないなぁ……」

　寂しい、そう思ってくれるなんて。

　うれしくて、胸が熱くなる。

「寂しいから、今度夜瀬くんに花莉借りに行くわ!!」

　にこにこ笑顔で真理亜がそう言うと、

「それはあかんで。妃芽乃は雷龍の姫で、真理亜は紫苑の姫や。ふたりだけで遊ぶんは、族の野郎に狙われて捕まる危険性があるやろ」

　泰成さんは真理亜を止める。

「じゃあダブルデートにすれば問題ないやろ!?」

　きらりと瞳を輝かせる真理亜。

　なにそれ……すっごく!

「楽しそう!!」

「なぁ!!　泰成!!　ええやろ!?」

　私と真理亜は泰成さんへと視線を向ける。

「……夜瀬次第やな」

　少し黙り込んでから答えた泰成さん。

「夜瀬くんなら好きな子の頼み絶対聞くやろ!!　もう決まったもんや!!　楽しみやな、花莉!!」

「うん!!」

「花?」

　少し遠くから、たずねるように聞こえてきた声。

「冬樹くん……!」

　スーパーのビニール袋を両手に持った冬樹くんが、公園の入口の前に立っていた。

「冬樹くん、もううちに来てくれるの!?　早いね!!」

「急にバイトが休みになったからね。花は帰る準備できた?」

「えっと……。実は、もう1泊することになったんだ。だから今日は冬樹くんに料理を教えてほしくて。だ、だめかな」

「…………」

　数秒間黙り込んだ後に、冬樹くんは

「いいよ！」

　と笑顔で答える。

　「ありがとう」と私が言いかけたところで、真理亜がぐいっと私の肩に腕を回して「ちょっと来いや！」と言う。

「誰やあのイケメン！」

「……妃芽乃、あいつ、榊冬樹は鳳凰の元幹部やで」

　眉をしかめて、少し怖いオーラをまとう泰成さん。

　確かに冬樹くんは鳳凰の幹部、だった。

　けど鳳凰にいた時から私の味方でいてくれたんだ。

「えと……冬樹くんはいとこなの」

「「いとこ!?」」

　ふたりの声がハモる。

「そうなの。それにね、私が鳳凰に捕まった時も冬樹くんは私の味方をして助けてくれたから……敵じゃない、です」

　ちらりと冬樹くんの方を見ると、気まずそうな表情をしていた。

　無理ないだろう。以前争っていた族同士なんだから。

「……それじゃ、私は冬樹くんと家に戻るね」

　この場から冬樹くんと逃げようかと思い、そう言ったのだけど、

「花莉、それはあかん！」

　と必死に腕にしがみついてくる真理亜。

「花莉には夜瀬くんがおるやろ！　それにあのイケメン、もしかしたら花莉に……」

「妃芽乃、俺らは今から紫苑の倉庫に行って、そっから会

合に向かうから一緒に行こうや」

　真理亜の言葉に被せるようにして、突然誘ってくる泰成さん。

「え!?」

　い、一緒に!?

　冬樹くんに料理を教えてもらいたかった私だけど、一瞬にして揺らいでしまう。

　一緒に連れてってもらうということは、詩優に会えるということで。

　でもでも、詩優は昨日の電話で『絶対待ってろ』って私に言ったから……。

「明日、詩優が迎えに来てくれるので待ってます」

　決心が揺らがないように、私はぺこりと頭を下げてから急いで公園の入口にいる冬樹くんのもとへと駆け寄った。

「……まずいで、夜瀬」

　泰成さんがそうつぶやいたことなど知らずに。

「ちゃんと手、洗ってきたよ！」

「じゃあ、作ろうか」

「うん！」

「あ、その前に。花、良かったらこのエプロン使っていいよ。ちゃんと洗濯したやつだから」

　手渡されたのは、黒いエプロン。

　冬樹くんも同じエプロンをしているから、2枚持っていたんだろう。

「ありがとう！ 借りるね！」

　エプロンを着けるとさっそく調理開始。

「今日はいい肉を買ってきたから、ローストビーフを作ろうね」

　冬樹くんはそう言って、調理台の上に置いてあった大きな牛肉ブロックを取った。

　ローストビーフ……!!

「外側と中心部の火の入り方をなるべく均一にするために、牛肉は調理前に室温に戻しておくといいんだよ。時間が無かったら省いてもいいけどね」

「そうなんだ……!!」

　私は聞いたことをメモする。

「まず、牛肉に塩こしょうを擦り込むんだけど、やってみる？」

「やりたい！」

　牛肉ブロックを受け取って、私は言われたとおりに手を動かした。

「同時進行で、大きめの鍋にたっぷりお湯を沸かしておくと作業がスムーズに進むよ」

　冬樹くんは大きな鍋を取り出して、お湯を沸かす。

　すごく手際がいい。

「冬樹先生！ できました！」

　声をかけると、

「そしたら次は、牛肉を強火で焼いていこう！」

　フライパンにサラダ油を入れて熱して。

「火は危ないから花は見ててね」

　と言われてしまう。

「私だってまだまだ下手だけど、料理くらいするから大丈夫だよ!!」

「そっか!!　花はもう高校2年生だもんね!!　料理くらいするか!!」

　冬樹くんに笑われて、「じゃあお願いするよ」と場所を代わってもらえた。

　それから指示通りに牛肉を焼く。

「こっち側をもうちょっと焼いたほうがいいかも」

　私が持っていたトングを急に手から奪って、冬樹くんは牛肉をひっくり返した。

「私がやりたかったのに……！」

　仕事を奪われて隣にいる冬樹くんを見上げれば、近い距離で交わる視線。

　思った以上に近くて心臓がびっくりした。

「「ごめん!!」」

　冬樹くんと同時に出た言葉。

「は、花に言えばよかったね……」

「う、ううん」

　それからは少しの間、無言。

「これくらいかな」

　牛肉に焼き色がついたら保存袋に入れて、沸騰したお湯の中に入れて煮る。

「フライパン洗っておくね」

　空いた時間で洗いものをしようとしたら、冬樹くんに手をつかまれて制される。

「このフライパンでソース作るから、まだ洗わなくて大丈夫だよ！」

　そう言われて、なるほどと思った。

　無駄がないんだなぁ。

　冬樹くんは本当にプロの料理の先生みたい。

「わかった！」

　返事をすると、

「ご、ごめん！　花！」

　慌ててつかんだ手を離す冬樹くん。

「う、ううん」

　なんか、さっきから冬樹くんと距離が近いような気がする。

　でも、いとこだからこれくらいが当たり前なのかな？

「じゃ、じゃあ！　ソース作ろうか！」

「ソース！」

「調味料は──」

　それからはあまり気にしないように教えてもらって。

　ローストビーフとソースの完成。

　ご飯も炊けて、お母さんの帰りを待っていたんだけど。

　勢いよく降り出してきた雨。

　いきなり雨音が聞こえてきたから、慌てて窓を閉めた。

　その雨はすぐに止むかと思ったら、まだ降り続けてる。

「今日は曇りの予報だったのに……」

　……お母さん、大丈夫かな。

　ちらりと時計を見るともう19時を過ぎた頃。

　この雨じゃ冬樹くんも帰れないだろうし……。

「冬樹くん、ここに泊まった方がいいんじゃない？　せっかく作ったご飯もまだ食べていないし、途中で雷が来たら危ないから」

「え!?」

「だって危ないよ？」

「俺なら大丈夫だよ！」

　そう言って、あははっと笑う冬樹くん。

　また口を開こうとしたところで、手に持っていたスマホが振動。

　すぐにタップすると、お母さんからのメール。

【電車が通常通りに動いていれば、20時過ぎにはそっちに帰れます。遅くなってごめんね。私のことは気にせず先に夕食食べてていいからね】

　表示された文字。

　私はそのメールの内容を冬樹くんに伝えた。

「あと1時間くらいなら待ってようか。花、お腹すいた？」

「お腹すいたけど待てるよ!!」

　それにご飯はみんなで食べたほうがおいしいもんね。

　このまま雨が降るようなら、危ないから本当に冬樹くんに泊まるように説得しなくちゃ。

　でもお母さんが帰ってくるまで……なにをしよう？

　あ、そうだ。

「先にお風呂入ってきてもいい?」

　お風呂はもう沸かしてあって、いつでも入れるようにしてある。

　冬樹くんに聞くと、

「もしかしたら雷来るかもしれないからね。早く入っておいで!!」

　笑顔で返してくれて。

　私は立ち上がって着替えを持って、お風呂場へと向かった。

　衣服を脱いで、シャワーを浴びてから頭を洗い、次に体を洗って最後に顔を洗う。

　それから湯船へと入ると、温かさが全身に広がる。

　2日もここにいるのに、冬樹くんにちゃんとお礼を言ってない。

　言わなくちゃいけないことなのに……。

　あとでちゃんと言わないと……。

　言わないといけない、の……──。

　だんだん眠気が襲ってきて、だめだとはわかっていてもそれに抗うことはできず。

　ゆっくり目を閉じた。

　冷たい風に頬をなでられ、目が覚めた。

「花!!　無事で良かった!!」

　冬樹くんの声が近くで聞こえてくる。

　……あれ？

　私がいるのはソファの上。

　目の前には、心配そうな顔をした冬樹くんがいた。

「花、お風呂でのぼせてて……!!　ここまで運んだんだ!!」

　うそ……。のぼせてた……!?

　ゆっくり起き上がってみたが、瞬間——はらり、となにかが床へと落ちる。

　床へと落ちたものを見ると、それはタオルとタオルケット。

　そして目の前には顔を赤く染めて、すぐにふいっと顔を逸らす冬樹くん。

「……!?」

　私はようやく自分が裸だということを理解した。

「ごっ！　ごめん!!　花をここまで運ぶのに……見ないほうが難しくてっ」

　慌てて言う冬樹くん。

　もしかして、全部見られた!?

　急いで床へと落ちたタオルケットを拾って、体を隠す。

　すごく恥ずかしくて顔から火が出そう。

「う、ううん!!　は、運んでくれてありがとう……っ!!」

　見られて恥ずかしいけど……助けてくれたことには感謝しなくちゃ。冬樹くんはなにも悪くない。

「本当にごめん!!」

「わ、私が悪いんだから、冬樹くんは気にしなくても……」

「ごめん、花……」

　それでもまだ気にしている彼。

「大丈夫だよっ!!　冬樹くんは私のお兄ちゃんでしょ!!
裸見られるくらいぜんぜん大丈夫だもんねっ!!」

　冬樹くんが気にしないように、あえて言った言葉。

「妹……？　花が……？」

　冬樹くんの表情が急に変わって――。

　静かになった空間で、急に大きな雷の音が響く。

　びっくりして心臓がドキリとする。

　冬樹くんは１歩ずつ私へと近づいてきて……。

　――ふにっ、とやわらかい感触が唇に伝わった。

　急な出来事に頭が追いつかない。

　冬樹くんは今まで見たことないような、怒った表情をして
いて。

　目の前には冬樹くんの顔のドアップ。

　キ、ス……されてる……？

　そう思った時には遅くて、ドサッと押し倒された。

　そのせいでまたはらりと床へと落ちたタオルケット。

　冬樹くんは裸のままの私の上にまたがって、大きな右手
で私の両手首を頭の上でからめとる。

　それから、荒々しく私の首筋に吸いついた。

　な、なにが起こっているのだろう……。

　思考回路が停止して、現状が理解できない。

　今なにをされている……？

　私の上にまたがっている人物は……？

　ピリッとした痛みが走って、一気に現実へと戻された。

　体の上にいるのは——冬樹くん。

「……ふ、ゆきくっ!!　やっ……!!」

　やっと出た声は情けないほど小さくて、震えていた。

　でも私の声に耳を傾（かたむ）けることなく、冬樹くんは私の体に何度もキスする。

　どうして……。どうしてこんなことするの……。

　何回もピリッとした痛みが走る。

　昔から知っている冬樹くんが、今は知らない人に見えた。

　首筋に、鎖骨に、腕に、胸に、それからお腹にキス。

　……怖い。

　カタカタと体が震えてしまう。

「やめてよ……っ、冬樹くん……っ」

　強い力で両手を拘束（こうそく）されていて、足を動かすことしかできない。

　視界が少しずつ涙でゆがんでいって、ぽたりとあふれていく。

「やっ……やだっ!!　冬樹くんっ!!」

　体を必死に動かす。

　すると、冬樹くんはやっとキスを止めてくれて。

「好き、大好き……。ずっと昔から、俺は一度も花を妹だなんて思ったことない」

　悲しそうな表情でそう言う。

　……え?

　思わず抵抗をやめて冬樹くんの目を見つめた。

「……んっ!!」

　けど、すぐに唇にキスされてさっきよりも強い力で押さえつけられる。

　唇にキスされたあとは、私の両手を押さえながら、もう片方の手で脚に触れてきた。

　それから私の脚と脚の間に手を入れる。

　このままだと……冬樹くんと。

　必死に抵抗したところで、力の差はどうすることもできない。私は脚を開かれてしまった。

　さっきまで冬樹くんと笑い合っていたことが夢みたい。

　あんなに優しかった冬樹くんなのに……。

　体の震えが止まらなくて、涙が止まらなくなって……。

「助けて、詩優……っ」

　私は小さくつぶやいた。

　瞬間、ぴたりと動きを止める冬樹くん。

「……ごめん、花」

　冬樹くんは、私の拘束を解いて体を離す。そして、玄関の扉を開けて嵐の中を飛び出した。

　私は引き止めようにも怖くて体が動かなかった。

　嵐の夜、私は、冬樹くんが兄ではなかったのだと思い知らされたのだった。

思っていたのは

　雨は一向に止まず、お母さんは昨晩帰って来られなかった。

　朝になり、ゆっくり起き上がる。洗面所の鏡で見た自分の顔は想像以上にひどい。泣きすぎて目が赤くなっているし、寝られなかったせいでクマもできている。

　詩優が迎えに来てくれる前になんとかしないと……。

　とりあえず着替えようと思い、服を脱ぐと——。

　体中には赤い痕がついていた。

　それも1個や2個じゃなくてたくさん。

　冬樹くんにつけられたキスマーク……。

　私はお風呂場へと入ってシャワーで体を流す。

　お湯で濡らしたところでその痕が消えるわけではないけど……。しっかり体を洗った。

　ぽたぽたとこぼれ落ちる涙。

　冬樹くんのこと、どうすればいいのかわからない……。

　……どうしたらいいの？

　淡いピンクのワンピースに着替えるけれど……首元についた赤い痕が見えている。

　……どうしよう。

　こうなったら髪と絆創膏で隠すしかない。

　ヘアアイロンなんて持ってきていないから、ブラシを使

いながらできるだけまっすぐになるように、ドライヤーで髪を乾かす。

　念入りに毛先まで伸ばしたら、薬箱の中から絆創膏を3枚取り出して首に貼った。

　……引っかいちゃった、ってことにしよう。

　腫れた目を冷やしたら、荷物をまとめる。

　忘れ物がないように確認して……帰るんだ。でも。

　本当にこのままでいいの？

　冬樹くんは、今まで私を支えてきてくれて、助けてくれて……。一緒に楽しい時間を過ごしてきたのに。

　このまま私が帰ってしまったら、もしかしたらもう二度と会えないかもしれない。

　助けてもらったことのお礼も言ってないのに……。

　荷物を置いて、私は外へと飛び出した。

　一昨日冬樹くんが買ってきてくれたプリン、それを売っているケーキ屋さんのすぐ近くのマンションに冬樹くんは住んでいると言っていた。

　とりあえず、そのケーキ屋さんまで行ってみよう。

　足を進めたところで。

　──ガシャーン！！

　大きな音が聞こえてきた。

　な、なに!?

　少し早足で進むと、

「……最低だな」

　聞き慣れた人の、低い声が聞こえてきた。

　それも、怒りを含んだ声。

　まさかと思い、公園をのぞいたら……、そこにいたのは
詩優と冬樹くん。

　詩優!? な、なんでここに冬樹くんと!?

「謝って許されることでもないが……本当にすまない」

　冬樹くんは座り込んだまま、口元を拭って詩優に頭を下
げる。

　詩優が、冬樹くんを殴（なぐ）ったの……？

　冬樹くんの後ろにはゴミ箱がある。さっきのは、そのゴ
ミ箱に体をぶつけた音だったのだろうか。

「俺に謝っても意味ねぇんだけど。花莉に謝れ」

　鋭い目つきで冬樹くんをにらむ詩優。

「俺はもう……花には会わない。会わせる顔がない。まず、
花は俺に会いたくないだろう……」

　冬樹くんの消え入りそうな声が聞こえてくる。

「……っ」

　胸が痛い。

　ズキズキして、苦しい。

　私はぎゅっと拳（こぶし）を握り締めて、ふたりの前に姿を現した。

　冬樹くんは目を見開いて固まっている。詩優は私に気づ
いていたのか、すぐに近寄って来てくれた。

　詩優はどこまで知っているのか、なにを言ったらいいの
か、わからなかった。

「……榊が花莉を襲った、ってほんと？」

　確認するように、詩優は私をじっと見つめてくる。

　冬樹くんが話したなんて。

　ど、どうしよう……。

　一番、詩優に知られたくなかったのに……。

　なにを言われるのか、なにを思われるのか、怖くて詩優と目を合わせることができない。

　彼は手を伸ばしてくるから、私はぎゅっと目をつむる。

　そして、ぺりっと首に貼っていたものがはがされた。

「……やっぱりか」

　絆創膏の下に隠れているのは赤い痕。それを見た詩優は小さくつぶやく。

「……じ、自分で引っかいちゃったの」

　慌ててうそをついた。

　でも、

「昨夜、俺が花につけたんだ……。本当にすまない」

　冬樹くんは私と詩優に頭を下げる。

　詩優はそんな冬樹くんを見て、胸ぐらをつかんだ。

「なにしてんだよ」

　怒りを含んだ低い声で言って、詩優は今すぐにでも冬樹くんを殴ってしまいそう。

　私は詩優に抱き着いて、慌てて止めた。

　冬樹くんは私のいとこで、昔から私の面倒を見てくれた大切な人。昨日のことは本当に怖かったし、しばらくは忘れられそうにないけど……。

　私は冬樹くんとの縁を切りたくないし、助けてもらった
お礼もちゃんと言いたい。
「お願い……、詩優。冬樹くんと少し話をさせて」
　震えてしまう声。
　私がそう言うと詩優は息をついて、冬樹くんの胸ぐらを
放す。
「……話せる？」
　詩優に聞かれてこくんとうなずくと、
「……俺、あっちで待ってるから。終わったら来て」
　安心する温かい手で頭をなでてくれる。
　思わず目に涙が溜まるけれど、ぐっとこらえた。
　詩優に甘えるだけじゃだめだ。私は強くならないと。
　それから詩優は背を向けて、少し離れた公園の出入口へ
と向かう。
　残された私と冬樹くん。
　冬樹くんは申し訳なさそうな表情をしていて。
「冬樹くん、あの……」
　声をかけると
「ごめん!!　花、本当にごめん!!　花には夜瀬がいるから
何度も諦めようとしたんだ!!　それでも俺は昔からずっと
花が好きで……初恋で、諦めきれなくて……」
　冬樹くんは地面に頭をつけて土下座。
　冬樹くんが私のことをこんなに想っていてくれたこと。
昨日初めて知った。それに、初恋だったなんて……。
　そうとも知らずに、私はなんてことを……。

「冬樹くんっ……！」

「謝っても許されることじゃないのはわかってるっ!! だけど謝らせて!!」

「あの……っ」

「本当にごめん!!」

　私の言葉に耳を傾けようとしないで、冬樹くんはひたすら謝り続ける。

　私はすうっと思いっきり息を吸って

「冬樹くんっ!! 私は大丈夫だから!! 顔上げて!!」

と大声で言った。

　あまりのことに驚いたのか、冬樹くんは顔を上げてまばたきを繰り返す。

「冬樹くんのこと、……昨日初めて怖いって思ったの。本当に怖かったの。でも、やっぱり私は冬樹くんのこと嫌いになれないよ」

　冬樹くんはなにかを言おうとしたが、それを制するように私は続けた。

「冬樹くんの気持ちに気づいてあげられなくて、ごめんなさい。あと最後に、鳳凰と雷龍の抗争で私が捕まった時に、助けてくれて本当にありがとう」

　冬樹くんはただ私を見つめたまま、ぽたりと涙を流す。

　ハンカチを差し出そうとすると、ぐいっと体を引き寄せられて強く抱き締められた。

「冬樹く……っ」

「これで、最後にするから……。今度こそ、俺、花を諦め

るから……」

　ひどく震えている声。

　冬樹くんのこんな声を聞いたのは初めてだ。

「謝るのは俺のほうなのに……」

「冬樹くんはもう十分謝ってくれたよ……。だから、もう
大丈夫」

「……本当にありがとう、花」

　数分たって冬樹くんが落ち着いた頃、私の体をゆっくり
離してくれた。

「……じゃあ、私、もう行くね」

　冬樹くんにそう言うと、

「うん。行ってらっしゃい！」

　と返してくれる。

「……また、会えるよね？」

　不安になってちらりと冬樹くんの顔を見ると、

「次に会うときは、俺はもっと立派な大人になってるから!!
花の誇れるいとこになれるように頑張るよ!!」

　笑顔で返してくれる。

　立派な大人。

　私も、なれるように頑張ろう。

　冬樹くんが誇れる、いとこになれるように。

「早く行ってきなよ、花」

　背中を押してくれて。

「またね」

　最後に私は冬樹くんに手を振って、詩優の元へと走った。

すぐそこにはバイクが停めてあって。きっと急いで来てくれたんだろう。

　ぎゅうっと勢いよく詩優に抱き着く。

　彼の温かさに触れたらやっぱり涙腺がゆるくなって、こらえていたはずの涙が次々にあふれ出る。

「……ちゃんと話せた？」

　私の手に触れて、詩優は優しい声で聞いてくれる。

「……うん」

「帰ろっか」

「……うん」

　抱き着いた手を解くと、すぐに私を抱きかかえてバイクに乗せてくれた。

上書き

「見せて。俺が全部上書きする」

　マンションの部屋へと帰るなり、いきなり言われた言葉。

「……え？」

　とんっ、と肩を押されて、バランスを崩す。

　ここは詩優のベッドの上だということに気づいたのは数秒後。

　倒れた私の上に詩優は覆い被さって、そっと私に手を伸ばす。

　ぎゅっと目をつむるけど、触れたのは私の首元で。

　突然顔を近づけてきて……。

「ひゃっ……！」

　思わず声が出る。

　だって、詩優が私の首元にキスをするんだから。

　触れられたところが熱を帯びていく。

　優しいキスを落とされて、徐々に込み上げてくるのは安心感。

「榊に触れられたところ、全部教えて」

　詩優は顔を上げて、まっすぐな瞳で私を見つめる。

「……見せられない」

「見せて」

「……汚い女、だと思われちゃう」

「思わねぇよ」

　じわりと目に涙が溜まる。涙がこぼれないように耐えていたのだが、まばたきした瞬間、ぽたりとこぼれ落ちてしまった。

　もし、詩優に服の下の赤い痕まで見られたらどうしよう。嫌われてしまったらどうしよう。

「あのな、俺がどれだけお前のこと好きかわかってんの」

　そう言って指で私の涙を拭ってくれる詩優。

「……っ」

「なにがあっても嫌いにならねぇから」

　目元に優しいキスをひとつ。

　詩優を信じられないわけじゃない。

　いつだって信じてるし、これからも彼のことを信じたい。

　……だから。

「冬樹くんにキスされたの……それから」

　プチプチと自分のワンピースのボタンをはずしてキャミソールをめくり上げると、あらわになる肌。

　腕、鎖骨、胸元、お腹についている赤い痕もすぐにわかるだろう。

　詩優の顔が見られない。

　ぎゅっと目をつむると、優しいキスが降ってくる。

　つけられた赤い痕の上から、詩優のキス。

　腕に、鎖骨に、胸元に、お腹に……。

　下へ下へとキスされていくうちに、体が火照ったかのように熱くなる。

　ぱちりと目を開くと唇が重なり合った。

「んっ……」

　私の上唇を優しく食んで、味わうような深いキス。

　詩優のキスは気持ち良くて……気づいたら自分からも求めていた。

　両手はからめ合うようにつないで、強く握る。

「んっ……あっ……」

　声が漏れてしまってもそんなのお構いなし。

　恥ずかしいけど、詩優がほしいんだ。

　もっと、もっと触られたい……。もっと触れたい……。

　そう思ったところで離れてしまう唇と唇。

　お互い息を乱す。

　つないだ手をいったん離して、片手で髪をかき上げる詩優。

「……止められないかも」

「止めないで……」

　返事をすると、詩優はもう一度顔を近づけて私の唇にキスをひとつ。

　それから背中へと手を回されると、プチンと音がした。とたんに胸を締めつけていたものから解放される。

　片手でホックをはずすなんてすごいな、と感心していると、

「……1回で終わらなかったらごめん」

　いつもより余裕のなさそうな顔で言う。

「いいよ。覚悟{かくご}する」

　そう応えると詩優は自分の服を脱ぎ捨てて、私の体にキ

スをする。

　全部上書きしてくれて、次は冬樹くんにキスされていないところにも、キス。

　ビクンっと体が大きく跳ねて甘い声が漏れる。

「可愛い」

　詩優は口角を上げて、にやりと笑う。

　反応したところを何度も触れて、キス。

　そして、一番慣れないのはこの痛み……。

「っ……！！」

「力抜いて、俺に花莉の全部を預けて」

「詩、優っ……！！」

　激しい痛みが走っても、詩優がキスを落としてくれて甘い熱に包まれた。

　今まで求めあった中でも一番激しい、詩優の甘さに身をまかせていた。

Chapter 3

いつか聞いたこと

　詩優が私の頬に触れたと思ったら、髪をすくって耳にかけた。

　そして、私の右耳になにかを着ける。

「虫除けに着けてて」

　そう言って反対側の耳にも同じようにする。

　なんだろう。

　手で触って確認してみると、これは……もしかしなくても——。

　詩優の耳に、いつも着いているものと同じようなものだ。たぶん、あれだろう。

　あれ……そう、ピアス。

　え、でも、なんで!?

　私の耳に穴は開いてないのに!!

「それフェイクピアスっていうやつ。俺が昔着けてた」

　私の反応を見て笑いながら答えてくれる。

　フェイクピアス?

「マグネットでくっついてんの。耳に穴開いてなくても使えんだろ?」

「マグネット!?」

　私は急いで脱衣所の鏡の前に移動して、ピアスを確認。

　耳には詩優とおそろいのきらきらと光る、丸くて赤い石がついている。

「えへへ」

　思わず顔がにやけてしまう。

「それやるから、学校では知らないやつについて行くなよ?」

「うん!!　ありがとう!!」

　詩優は私のカバンと自分のカバンを持って玄関へと向かう。私もすぐに玄関へと移動。

「っていうか、知らない人について行かないもん!!　子どもじゃないし!!」

「まぁ、確かに子どもじゃねぇな。小動物だし」

　笑いながら言う詩優は絶対面白がっている。

「小動物でもないもん!!」

　靴を履いて外へ出る前、詩優は私の腕をぐいっと引っ張って強く抱き締める。

　それから耳元で、

「好きだ」

　と、甘くささやく。

　その声が色っぽくて、一瞬にして暴れる心臓。

「なぁ、花莉からキスして」

　私の体を離して、目の前にかがんで目を閉じる詩優。

　あらためて、やっぱり整った顔をしていると思う。

　きっと詩優のお母さんは美人で、お父さんもイケメンなんだろうな。

「早く、遅刻する」

　急かして言ってくるもんだから、ちゅっと軽く触れるだ

けのキスを落とした。

「が、学校行こっ!!」

　恥ずかしくなった私は詩優より先に玄関を出た。

　お昼休み。

　私、京子、明日葉、詩優、竜二さん、倫也の６人で、いつもご飯を食べている。場所は空き教室で、晴れている日は日当たりがよくて暖かい。

「ひめちゃんって天然なところがあっても、絶対バカじゃないと思ってたんだよね〜」

　首を傾げると、

「あ、仲良くなる前の話ね」

　と付け足して言う倫也。

　……失礼なことを言われたことに、変わりない。

「私は倫也より頭いいもん」

「じゃあ俺は、明日葉より頭いい!」

　倫也の言葉におにぎりを食べていた明日葉が反応。

「はぁ!?　倫也があたしより、頭いいとかありえない!!　あたしは倫也と詩優より賢いのー!!」

「「いや、まじでそれはない」」

　倫也と詩優の冷静な声がハモる。

「いつもの成績順思い出してみ？　頭いい順から、まず竜二、次に京子、俺、その次はひめちゃん、ケツから２番目が詩優、ビリは明日葉」

　ひとりずつ指をさして言う倫也に、「指をさすな」と竜

二さんが眉をひそめる。

「いや、違えだろ。竜二、京子、花莉、俺、倫也と明日葉
の順だから」

詩優が修正する。

それに納得がいかない明日葉は、

「なんであたしがビリ確定なの!?　それっておかしくな
い!?　ねぇ!!」

倫也の肩をつかんで思いっきり揺らす。

そういえばみんなのテストの成績表を、一度も見たこと
がない。みんなで勉強して、赤点は回避したという情報し
か聞かないから……実際の順位はわからない。

竜二さんが毎回テストで1位、っていうのは校内で有名
だから知っているけど。

「成績表見せ合えばいいじゃない」

お弁当を食べながら京子が冷静に言う。

「捨てた」

「そんな昔にもらったの捨てるに決まってるー!」

「俺もっ、捨てたっ、かもっ」

詩優、明日葉、倫也がそう言った。

「順位は覚えてないの?」

呆れたような顔をして言う京子。

「「「覚えてない」」」

「じゃあ次のテストで勝負でもしたら?」

「やるか」

「いいねー!!　これで誰が頭悪いかよくわかる!!」

「やろやろ!!」

　みんな楽しそうにする。詩優なんて口角が上がってるし。さすが暴走族のメンバー。"勝負"という言葉に弱いのだろう、となんとなく理解した。

「はい、花莉。あーんして」

　何事かと思い、前を見たら……お箸で卵焼きをつまんで私に近づけてくる京子。

　すごくおいしそうで、よろこんで口を開く。

「ありがとう!!　京子!!」

　お礼を言うと、「どういたしまして」とにやにやしながら京子は私と詩優を交互に見ていた。

「?」

　ちらりと隣に座る詩優を見ると、私と目を合わさずに「バーカ」と言う。

「バカって言った方がバカなんだよっ!」

　私はそれだけ言ってお弁当を口へと運んだ。

「詩優は自分以外の人が花莉に食べさせたから、きっと嫉妬したのよ。花莉はうれしそうな顔しちゃうし」

　ふふっと笑った京子。

「!?」

　な、なんですか、その可愛い嫉妬は……!!

　にやけそうになりつつ、お弁当を食べ続けていたら、

「そういえばさ!!　さっきやった数学の小テスト何点!?」

　倫也はなぜか自信満々な顔をする。

「数学の小テストならあたしたちもやった!!　確か1組と

４組の数学の先生同じだよね!?　ってことはテストも同じやつじゃない!?」

　元気よく言う明日葉。

「おっ!?　まじで!?　せーので何点だったか発表しようぜ!!」

　もちろんみんなで、と倫也は付け足す。

　みんなでって、私も!?

「せーの!!」

　倫也の合図で一斉に答えた。

　一斉に答えたから、それぞれの点数がよく聞き取れない。

　ひとつだけわかるのは、「100」としっかり答えたのが竜二さんだということ。

　さすが、竜二さん。

「詩優とひめちゃんは何点って言った？」

　倫也に聞かれて、私は「15点だよ」と答えて、詩優は「5」と答えた。

「倫也と明日葉は？」

　気になって聞いてみると、

「俺は80点!!」

　と倫也は答える。

　80点!?

　予想以上に高くてびっくり。

「お前は２点だっただろう」

　竜二さんが「うそをつくな」と倫也に言う。

　……うそなのか。というかぜんぜん点数違うし。

　てっきり言い出しっぺの倫也は、それなりに点数が高い
ものだと思っていた。

「気持ちは80点だったんだよ〜。ちなみに明日葉は何点？
1点？　それとも0点？」

　倫也が明日葉に聞くと、明日葉はなぜか目を逸らして。

「50点!!」

　と答える。

　あまりにも明日葉の目が泳ぐから、なんだかうそっぽく
聞こえる。

「うそつけ!!　京子、ひめちゃん、明日葉のまじの点数、
何点だかわかる？」

「風の噂で、明日葉は2点って聞いたけど」

　京子は知っていたみたいで、点数を暴露。

「京子!!　なんてことバラしてんのー!?」

　明日葉はガタっと席を立ち上がる。

「ふふっ」

　思わず笑ってしまった。

「まあ、4人とも課題頑張りなさいよ」

　課題？

　京子の言葉に不思議に思い、首を傾げると。

「30点以下の生徒は、放課後、職員室まで課題を取りに来
いって言われたでしょ？」

　まさかの言葉。

　え!?　そんなこと言ってた!?

　小テストを返してもらって、そのあと先生がなんて言っ

ていたのか、まったく記憶にない。ぼーっとしていたのか
も……。

「きょ、京子は何点なの……?」

　おそるおそる聞いてみると、

「85点よ」

　と答えた。

　さすが京子。

　その言葉を聞いた倫也と明日葉が急に立ち上がって、ふ
たりで竜二さんの前まで行くと

「「勉強を教えてください!!」」

　と頭を下げた。

「あ、竜二、俺にも教えて」

　付け足すように言う詩優。

　この光景はテスト前によく見るな、なんて思いつつ。

「あ、の。竜二さん、私にも教えていただきたいです」

　私も手を上げて竜二さんをちらりと見た。

　竜二さんはため息をつきながらも

「1日2時間は勉強するからな」

　と言ってくれる。

　やっぱり優しいな、竜二さん。

　竜二さんの家で勉強をした帰りに、

「今日さ、族の用事があるから先に帰ってて。奏太と壮も
連れてくから、飯一緒に食えなくてごめん」

　と詩優に言われた。

　寂しい気持ちはあったが、仕方ないと思いつつ「わかった」とうなずいた。

　それから康さんが、私をマンションまで送ってくれて。

「ありがとうございました！」

　お礼を言ってから車を降りて、エントランスに入る。

　すると、茶髪のロングヘアをキレイに巻いた女性と目が合った。黒のロングワンピースがとても似合っている。

　すると、彼女は私に気づいて、天使のような笑顔で「花ちゃん久しぶり〜！」と手を振って小走りでやって来た。

　詩優のお姉さんの、朱里さんだ。

　朱里さんは——『HEARTS HOTEL』の経営にかかわる仕事のお手伝いをしているだけでなく、アパレルメーカーの社長も務めている。

　年齢は聞いたことがなかったけど、20代前半と予想。

「花ちゃん可愛い！！　誘拐したくなる！！」

　ぎゅうっと抱き締めてくる朱里さん。

　甘やかないい匂いがする。

「朱里さん!?」

「しーくんは今いないの？」

　"しーくん"とは詩優のことで、朱里さんはいつもそう呼んでいる。

「はい。用事があるそうで、先に帰っててって言われました……」

「じゃあ花ちゃん！！　私とデートでもしようか!!」

　朱里さんは私の体を離すと、満面の笑みを向ける。

　その表情が可愛くて、すごくキレイで……。こくん、とうなずいてしまった私。
「やったー!!　花ちゃんとデートだ!!」
　うれしそうに私の手を引いていく朱里さん。
　エントランスを出て、マンションのすぐそばに停まっていたキラキラと輝く赤い高級車に向かって。
「乗って、花ちゃん!」
　後部座席のドアを開けてくれて、私は「ありがとうございます」と言って乗りこんだ。
　そして朱里さんも隣の席へ。
「とりあえずいつものお店にお願い」
「かしこまりました」
　朱里さんと運転手さんの会話で車が発進する。
　どこに行くんだろう。
　とりあえず詩優に心配かけないようにスマホを開いて、朱里さんと食事に行くことを連絡した。
　隣に座る朱里さんをちらりと見ると、キレイな横顔が目に入る。
　まつ毛が長くて、目が大きい。唇の形まで整っていて、やっぱりモデルさん級だ。
　もし、詩優を女装させたらすごく美人なんだろうな……なんて勝手に想像してみる。
「ん?」
　私の視線に気づいた朱里さんとぱちっと目が合った。
「あのっ!　詩優に用事があったんですか?」

「そうなの！ しーくん、最近ずーっと私の連絡無視する
の!! だから直接伝えに来たんだ!!」

　ぷんぷんと頬をふくらませる朱里さん。

　その姿もすごく可愛いと思ってしまうほど。

「ほんとひどい!! 昔は私と悠の後ばっかりついてきて可
愛かったのに……」

　そう言った後、

「こんなに小さかった頃の話ね」

　と付け加える。朱里さんの親指と人差し指の間の大きさ
は、米粒分くらい。

　思わず「ふふっ」と笑ってしまう。

「悠のことがあってから、いつの間にかしーくんは暴走族
に入ってるし！ 本当にびっくりだよ！」

　やれやれと呆れた表情に変わる朱里さん。

　……っていうか、"ユウ"とはいったい誰のことなのだ
ろう？

「あ、の」

「なに？ 花ちゃん」

「ユウさんって、誰ですか？」

「え!?」

　しばらく朱里さんは黙り込んでから、

「……しーくんから、聞いてないの？」

　ちらりと私を見る。

　私は素直にこくん、とうなずいた。

「……そっか。なんだかんだでしーくんは悠のこと引きずっ

てるもんなぁ」

　朱里さんはそうつぶやくと、「しーくんが話すまで待ってててあげて？」と優しく微笑んだ。

「……はい」

　詩優と朱里さんにとって大切なことなのだろう。

　私はこれ以上詮索（せんさく）するのをやめた。

　朱里さんに連れて来られたのは、おしゃれなイタリアンのお店。

　テーブルの上へと運ばれてきた料理はどれもキラキラしていておいしそう。特に魅力的なのは、カニとオマール海老（えび）のパスタ。ぷりぷりした海老の身に、お腹が鳴りそうになった。

　料理に釘（くぎ）づけになっていると、「ここは私の奢（おご）りだからいっぱい食べてね！」と朱里さんが笑顔で言う。

「いっ、いやいや!!　だめです!!　ちゃんと自分で払います……っ!!」

「花ちゃんはしーくんの未来のお嫁さんなんだから!!　私の妹でしょ!!」

　なんだか胸が熱くなる。

　詩優に正式なプロポーズをされたわけではないけど、予約はされているわけで……詩優のお嫁さんになれたらいいな、なんて思ってる。

　でも、朱里さんにお世話になりすぎるのはやっぱり良くない。

　とはいえ、きっとそれなりの値段はする。お金足りるかな？

「いいからいいから！　食べよっ！」

　「ね？」と私の顔をのぞき込む朱里さんに

「出世払いで必ずお返ししますっ！」

　と約束した。

「いただきます」

　と言ってから、パスタを食べて。

　おいしすぎて頬をゆるませていたら、

「ねぇねぇ。花ちゃんとしーくんはどうやって出会ったの？それでどうやって付き合ったの？」

　目をキラキラと輝かせて、興味津々という表情で見つめてくる朱里さん。

「!?」

「しーくんはなにも教えてくれないんだもん！　花ちゃんに聞くしかないと思って。で、どうなの!?」

「ひ、秘密、です……っ」

「えー！　いいじゃん！　教えてよ！」

　とてもじゃないが、恥ずかしくて言えそうにない……。

「秘密なんですっ！」

「じゃあ、私がじゃんけんで勝ったら教えて！」

　朱里さんは私の有無を聞かずに、

「最初はグー、じゃんけんぽん！」

　と始めた。

　私は慌ててグーを出すと……、朱里さんはパーを出して

いて見事に負けてしまった。

「じゃあ花ちゃん！　しーくんとの馴れ初めを話したまえ！」

　目をキラキラさせる朱里さんに、私は黙ることができず、ゆっくり詩優との出会いから現在に至るまでを話した。

　すべて話し終えると、朱里さんは優しく頭をなでてくれて、

「しーくんなら、これからも花ちゃんを守ってくれるから安心してね」

　と言ってくれた。

　お店を出る頃には肌寒く、……もうすぐ冬だな、と実感。

　朱里さんが詩優のマンションまで私を送ってくれるらしく、お店の前で運転手さんが車を回してくれるのを待っていると、

「朱里さん!?」

　大きな声が後ろから聞こえてきた。

　振り向くと、私と同じくらいの長さのセミロングの女の子がいた。

　彼女は白シャツの上にクリーム色のベスト、胸元には紺色のリボン。

　スカートは膝より短い紺色のチェック柄。

　……制服？　高校生？

「葉月ちゃん!?」

　朱里さんはその女の子を見て驚く。

「えー!! 久しぶりですね!! 元気にしてました!?」

　女の子はこっちに駆け寄ってきて。

「元気だよ!!」

　朱里さんがそう答えると、「その子は？」と不思議そう
に視線を向けられる。

「しーくんの恋人で、未来のお嫁さん!!」

　朱里さんが笑顔で紹介してくれて、私は「妃芽乃花莉で
すっ！」とぺこりと頭を下げた。

「え!? 詩優に恋人いるって噂、本当だったんですか!?」

　女の子は、目を見開いてかなり驚いている様子。

　そして。

「詩優と結婚するの絶対私だと思ってたのに!!」

　爆弾を投下。

　訳がわからず固まっていると、

「あ、急にごめんね!! 私は詩優の幼なじみの宮園葉月!!
よろしく!!」

　このタイミングで自己紹介。

「もー!! 葉月ちゃんったら、花ちゃんに変なこと言わな
いのっ!!」

「ごめんなさい！」

　ぺこりと葉月さんが頭を下げると「あ！」となにかを思
い出したように声を上げる。

「朱里さん、最近詩優と連絡とれてますか？ 私がメッセー
ジ送ってもぜんぜん返信なくて……」

「それがね、私もずっと無視されてて。直接伝えようと思っ

て、今日しーくんのマンションに行ったんだけど、留守だっ
たから会えなかったの」

「え!?　朱里さんもなんですか!?　今度会ったら詩優に文
句言わないとですよ!!」

　ふたりの声がどこか遠くで聞こえるような気がする。

「あっ!　車来た!　花ちゃん帰ろうか」

　はっと、意識がちゃんと戻ってきたのは、朱里さんに肩
を揺すられてから。

「は、はい!」

「それじゃ、葉月ちゃんまたね。今度ゆっくりお話でもし
ようね」

　朱里さんが葉月さんに手を振って、私はただぺこりと頭
を下げる。

　それから私と朱里さんは車に乗ろうとした時——。

「妃芽乃さん!」

　と葉月さんに声をかけられた。

　何事かと思い振り向くと、

「妃芽乃さんは詩優と連絡つく?」

　と聞かれる。

「は、はい」

　連絡もなにも、私は詩優と一緒に暮らしている。

　同居のことは言わないほうがいい気がして、質問にうな
ずくだけにしておくと、

「詩優に、明音(あかね)さんと悠くんの七回忌(き)もいつもの場所でや
るから絶対来て……って伝えてもらってもいい?」

　真剣な表情の葉月さん。

　明音さん？

　悠くん？

　七回忌……？

　ドクン、と心臓が嫌な音を立てる。

　本日２度目の硬直。

　体が石化したみたいに動かなくなった。

「詩優のお母さんとお兄ちゃんだよ？」

　付け足して言う葉月さん。

　詩優のお母さんと、お兄さん……、七回忌。

　なんとなく頭の中で理解。

　けれど、確かいつか聞いた詩優の家族構成は『父、母、姉、兄、俺』だった。

　それから『家が嫌いだから』とも。

　……詩優は、私に家族のことを言いたくなかったんだ。

　あの日、聞いた時だって嫌な思いをさせていたかもしれない。

「葉月ちゃん、それは……私から言っておくね」

　朱里さんはそう返して、私の背中を押すと、車に乗るように促す。

　車は発進。

　詩優は家のこと、私には言いづらいのかな……。

　それとも、言いたくないのかな……。

　いろいろ考えると涙が出そうになって、必死でこらえた。

　下を向いていたら、

「しーくんなら、いつかちゃんと話してくれるから大丈夫
だよ」
　と朱里さんが優しく頭をなでてくれた。

話すべきなのに ～詩優side～

　それは突然だった。

　それまで雷龍を追っていた風月を抑え、『水鬼』という族が世界No.2にランクインしたのは。

　今まで無名だった暴走族なのに、なんで急にここまでのし上がってきたのか。

　気になるところではあるが、今日やることは族の片付け。

　最近、夜の繁華街で暴走族が好き勝手に暴れているという情報が入った。

　しかもその暴走族は『雷龍』を名乗っているらしい。

　そんなチンピラ、うちの族にはいねぇのに。

　奏太、壮、誠と、倉庫にいた1番隊の哲哉、2番隊の貴詞を連れて繁華街へと向かった。

「哲、ちょいと上着貸してくんね？」

「いいですよ！」

「さんきゅ」

　街に入る前に哲哉から青い上着を借りて、フードを深く被った。

「中学生3人は俺と一緒に来い。裏から探すぞ。哲と貴詞は表から探して。なんかあったらすぐに連絡しろ」

「了解しやした」

「了解っす」

　2つのチームに別れると、俺たちはさっそく裏道へと入

る。

「あっ！　ここ夜の大人の店！」

　壮が指さした店はキャバクラ。

　しかもなんかテンション上がってて楽しそうだし。

「そ、そ、壮くん！　し、静かにしないと……お店の人に気づかれちゃいます！」

　誠はビクビクしながら俺の後ろをついて来る。

　一方で奏太は興味無さそうにただ歩くだけ。

「ここ入らねぇの～？」

「なぁ、なぁ」

　とか言いながら壮が俺の周りをぐるぐると回る。

「あのな、俺らは——」

"遊びに来たわけじゃねぇぞ"

　と最後まで言うことはせず、立ち止まった。

　——ドンッ。

　急に立ち止まったことで誠が俺に、奏太が誠にぶつかる。

「おめぇら、後ろにいろ」

　そっと小さな声で言う。

　そして３人が返事をする前に、

「なんだぁ？　ただのガキが。店の前でうるさくしやがって」

　キャバクラから出てきたのは、サングラスをかけた坊主頭の男。

　俺は男に１歩ずつ近づく。

「俺らもきょーみある年頃なんで」

「ふ、だろうな」

「まぁ、行かないけどな。俺らそんなとこ行ってるほど暇じゃねぇし。あんたみたいに女に困ってねぇから」

　そう返せば、目の前の男が怒りをあらわにして、「んだとゴラァ」とドスの効いた声を出す。

「「ぷっ」」

「か、奏太くんっ！　そ、壮くんっ！」

　後ろでは奏太と壮の笑い声が聞こえてきて、それを止めようと必死になる誠。

　余計に腹が立ったのか、

「俺ァ雷龍なんだぜ？　そんな舐めた口利いてると痛い目に遭うぜ」

　と、一気に俺に殴りかかろうとしてきた男。

　そいつの拳をひらりとかわして腕をつかむと、ガラ空きのみぞおちに1発蹴りを入れた。

「ゲホッ……！　ゴホッ……!!」

　あっけなく地面へと倒れ込む。

「……てめぇ」

　地面に倒れたまま俺をにらんだが、数秒したあと男の口角がゆっくり上がる。

　それと同時に、いかつい男たちが次々と店から出て来た。

　そして背後からも数人が近づいてくる気配を感じる。

「後ろはまかせてもいいか？」

　ちらりと後ろの3人に目を向ければ、

「「よゆー」」

「が、が、頑張り、ます…っ！」

　ブイサインする壮に、口角を上げる奏太。

　誠はガッツポーズをして返す。

　中学生３人組も頼もしくなったな、なんて心の中で思っていると、キャバクラから出てきたばかりのいかつい男たちが殴りかかってくる。

「よそ見してんじゃねぇ!!」

　怒鳴ってくるわりに力はそこまで強くない。

　拳を避けてから、みぞおちに１発入れてやろうとも思ったが、背負い投げしてやった。

「雷龍に手ぇ出してただで済むと思うなよ!!」

　叫びながら次々に殴りかかってくる。

　そいつらの攻撃をすべて避けて、拳を入れようとしたが、パサリと取れた上着のフード。

　殴りかかってこようとしていた男たちが、全員動きを止めた。

　すると目の前にいたサングラス男が、

「あ、あんたは……!!　雷龍の、総長!!」

　と大声を出す。

「「「「「「「「「す、すみませんでしたぁ!!」」」」」」」」」

　男たちが震えながら一斉に土下座。

「命だけは……命だけは助けてください!!」

「なんでもしますから!!」

「俺らはある人に頼まれて、雷龍のフリしてただけなんですっ!!」

　まるでさっきとは別人かと思うくらいの変わりよう。

「頼まれたって、誰に？」

　サングラス男と目を合わせれば、

「水鬼の方たちですっ!!」

　と慌てて答えてくれた。

　——水鬼。

「じゃあ、その水鬼に伝えとけ。次同じことやったら、てめぇらをぶっ潰す……って」

　殺気の混じった声で言ったら、その場にいた男たちは顔色を変えてうなずいていた。

「よーし。次の片付け行くか」

　そのあとも、場所を移動して雷龍を名乗るチンピラの片付け。

　ようやく帰れたのは朝方だった。

「お、おかえり」

　部屋に帰ったら、制服姿の花莉はなんだか元気がない、気がする。

「ただいま」

　ぽんぽん、と優しく頭をなでると、

「お疲れさま！　朝ご飯作ったんだけど食べる？」

　今度は無理して笑う。

　なんかあったのか？　それとも俺がなにかした、か？

　それとも……花莉のおでこに手を当ててみる。

　けど、熱はなさそう。

「ご飯食べる？」

「おう。さんきゅーな」

　たたたっ、と走っていく彼女。

　だけど、やっぱりおかしい。

「花莉、その靴下違うやつじゃね？」

　明らかに違う靴下を左右で履いている。右は学校用の紺色の靴下で、左は部屋用のくまの靴下。

「え!?　あ、ほんとだ!!」

　花莉は足元を見て恥ずかしそうにしながら、自分の部屋へと向かう。

　手を洗ってからリビングに行けば、ゴンっ!!と大きな音が聞こえてきて

「いったぁ……!!」

　花莉の声が続く。

「花莉!?」

　急いで駆けつけると、ドアにでもぶつけたのかおでこを押さえてうずくまっていた。

「だ、大丈夫……！」

「あほ。おでこ見せろ」

　彼女の前髪を上げて見ると、少し赤くなっていた。

「大丈夫、だから」

　それでもまだ無理した笑顔で平気そうにするから、ひょいっと抱きかかえる。

「え!?　詩優!!」

　花莉の部屋のベッドに下ろし、俺は冷却シートを冷蔵庫

から持ってくる。

　俺が戻ってくる間に、花莉は靴下を学校用のものに履き替えたみたいだ。

　でも、違うのはそこじゃない。

「花莉、今日土曜だから」

「土曜？」

「土曜日」

「土曜、日？」

「学校休みの日だから」

「……え」

　数秒間固まってから、顔を赤くする目の前の彼女。

　その間に冷却シートを半分に切って、花莉の前髪をもう一度上げてからおでこにぺたりと貼った。

「あ、ありがと……」

　急いで立ち上がろうとする花莉。

　俺はその細い手首をつかんで、引き寄せてベッドへと座らせた。

「俺の前では無理しなくていいから。なんか溜め込んでることがあるなら言ってほしい」

　花莉の視線は俺を確かに見つめて、すぐに涙目へと変わった。

　彼女が口を開きかけたところで、

　──ピンポーン。

　耳に届いたのはインターホンの音。

　……誰だよ、こんな朝っぱらから。

　無視しようとしたが、もう一度聞こえてくるインターホンの音。

　急用かもしれねぇよな。

　無視することはできなくて、

「ちょっと見てくるな」

　花莉の頭をなでてから、立ち上がってインターホンのモニターを見に行った。

　エントランスに立っていたのはなんと、姉貴。

　……言われることは予想できている。

　たぶん、あのことだろう。

「どうした？」

　わざと知らないフリ。

『しーくん!!　しーくんに話があって来たの!!　ちょっと中に入れて!!』

　言われることは予想できるけど、これ以上逃げ続けるわけにもいかない。

「わかった」

　返事をして、開錠ボタンを押す。

　ふと感じた視線。

　そっちに目を向けると、ひょこっと顔を出してこちらの様子を見ている花莉がいた。

　もう私服に着替えている。

「これから姉貴が部屋に来るから」

　花莉にそう伝えると、また無理に笑って「お茶の準備するね」と言ってくれた。

「さんきゅ」

　あとでちゃんと話を聞かねぇと。

　少しして、玄関チャイムが鳴る。

　鍵を開けるや否や、姉貴は「しーくんのバカ!!」とひと言。

「連絡無視するなんてひどいよ!!」

　そう言ってから、「お邪魔します!!」と部屋に上がる。

「無視してたのは悪かったって。最近忙しかったから折り返し連絡する時間もなかったんだよ」

　少しうそをついた。

　確かにまあまあ忙しかったけど、俺は、あのことを聞きたくなくて逃げていただけ。

「絶対うそだ!!」

　姉貴は怒ったように早足でリビングへと行くと、「花ちゃん!!」と花莉に抱き着く。

「昨日はデート、楽しかったね!!」

　"デート"と強調した姉貴はわざとだろう。

「はい」

　花莉はうれしそうに笑う。

　さっきまで、俺の前では無理したように笑ってたのに。

「朱里さん、今お茶いれますね。アップルティーとココア、どっちがいいですか?」

「急に来てごめんね、これから仕事があってすぐ出るから大丈夫だよ!!」

「……わかりました」

　花莉が少し寂しそうな表情をすると、「花ちゃん可愛いー‼」とさらに強く抱き締める。

　そんなふたりを見ていたら、姉貴と目が合って。

「しーくんは言われること、わかってるんだよね。だったら来週、ちゃんと来てね。それから次のパーティーも、来ないとパパがすっごく怒るから絶対来て。約束ね」

　真剣な表情で言われて、俺は「わかった」と返事を返した。

「偉いぞ！　しーくん！」

　いつまでガキ扱いするんだか。

「じゃあ私はもう帰るね。またデートしようね、花ちゃん」

　バタバタと姉貴がいなくなると、花莉とふたりきり。

「花莉」

　声をかけると、ビクッと彼女の肩が上がる。

　……やっぱり様子がおかしい。

「どうした？」

　手を引いて、ソファへと誘導して座らせる。俺も隣に座ると花莉は

「夕べ、葉月さんに会ってね……。詩優の家のこと、少し聞いちゃったの」

　彼女の目はまた涙目へと変わる。

　まさか、花莉の口からその名前が出るとは思ってなかった。

　宮園葉月、俺の幼なじみ。

　葉月と会って、しかも俺の家のことを聞いた、って。

　心臓がドキリと鳴って変な汗が出てくる。

　花莉に、家族のことはほとんど話していない。

　彼女を信頼してないわけじゃなくて、ただ言いたくなかったから。

　……花莉はどこまで聞いたのか。

「ごめんね」

　悲しそうに謝る花莉。なにも悪くねぇのに。

　まだ全部は話せそうにないけど、せめて最低限のことは伝えよう。

「今まで言ってなかったんだけどさ、俺の母親と兄貴はもう他界してんだ。それで……来週七回忌があって、行くことになってる。話さなくてごめんな」

　花莉はふるふると涙目のまま首を横に振る。

「無理に聞きたいわけじゃないの」

　ぎゅっと花莉は俺を抱き締める。俺はその優しさに甘えて、それ以上はなにも言わなかった。

　本当は話すべきなのに。

　家のことや、葉月のこと……。

幼なじみ

　私は、詩優が家のことを自分から話してくれるまで待つことにした。

　あれから詩優は七回忌に参列して。その１週間後の今日は、HEARTS HOTELのパーティー。

「着替えらんないなら手伝おうか？」

「ひとりで着替えられるよっ!!　変態!!」

　私は以前、朱里さんから買ってもらったピンクのパーティードレスに身を包む。

　背中のファスナーを締めて、鏡に映った自分を見た。

　すごくキレイなドレスだけど、私にはレベルが高すぎる……。

　胸元、肩、背中が３分の１くらいシースルーで、丈は膝下。

　もう着ることはないと思っていたのに……。

　HEARTS HOTELのパーティーにまた行くことになるとは予想していなかったけれど。

「花莉は俺の恋人として出席してほしい」

　そう言われて、私も行くことになった。

　少しでも、詩優のために頑張れたらいいな。

　以前教えてもらった化粧をして、髪をいつもよりも丁寧に整えてから詩優の待つ部屋へと行く。

　黒いスーツを着崩し、髪をオールバックにしている詩優

がソファに座っている。

ネクタイはゆるく締めてあるだけで、シャツのボタンだって上から3つも開いている。ジャケットのボタンも当然留めていない。

それが……なんか色気があってかっこいい、と思ってしまう。

見とれていると、ぱちっと目が合う。

「可愛い」

優しく笑う彼。

心臓が早鐘を打って、体が熱くなっていく。

簡単にそう言うのはずるい。

いつも私だけがドキドキしてばかりだ。

「お、お待たせ」

「行こっか」

詩優は立ち上がると、ぎゅっと私の手を引いて歩き出す。

ピンヒールを履いて、エレベーターで下まで降りると運転手の康さんがリムジンの前で待っていた。

「お願いします」

挨拶をしてからリムジンに乗って、続いて詩優も私の隣へ座る。すぐにべったりくっついて。

リムジンが発車すると、詩優は私の手に自分の手を重ねてきて、指をからみ合わせるようにつなぐ。

そしてつないでいない方の手で、私の髪をすくって耳にかける。

「俺のだってわかるように、マグネットピアス着けてほし

かった」

　耳たぶに優しく触れてから、私の目をじっと見つめる。

「パーティーに赤いアクセサリー着けたらいけないのかな、と思って……」

　詩優の耳に視線を向けると、赤いピアスがついていた。しかも私が以前誕生日プレゼントであげた、イヤーカフまで。

　詩優にはやっぱり赤が似合う。

「じゃあ花莉も"赤い痕"隠しとけよ？」

　にやりと口角を上げて笑う詩優。

「へ？」

　思わず間抜けな声が出てしまった。

　もしかしたら……と思い自分の体を見てみる。

　目に見えるところには赤い痕はつけられていなくて、もしかしたら首元かも、なんて考えてしまう。

　バッグの中に入れておいた鏡で確認しようとしたが、詩優に制されてぎゅっと抱き締められた。

　これからパーティーに行くからちゃんと確認したかったのに……。

　私は車内で赤い痕がついていませんように、と強く願っていた。

　——1時間半ほどで会場へと到着。

　有名建築家が手がけたという外装はすごくスタイリッシュで、高級感が漂っている。

　やっぱりいつ見ても大きいホテルだな、なんて思う。私みたいな庶民が入ってはいけない場所。
「腕にくっついてろ」
　詩優が小さな声で言う。
　そういえば前に来た時も腕にくっついてたっけな、なんて思いながらぎゅっと詩優の腕に抱き着いた。
　キラキラと輝く廊下をゆっくりと歩いて行くと、フロントで、
「詩優様！」
　と呼ばれる。スーツを着たボブカットの女性が笑顔で駆け寄ってきた。首に青いスカーフを巻いて、胸元には『白野』と書かれた名札をつけているホテルスタッフ。
「詩優様、こちらいつもの鍵です」
「さんきゅ」
　詩優は白野さんから差し出された鍵をポケットにしまって奥へと歩く。
　……以前も受け取っていたけど、なんの鍵だろう？
　不思議に思いながらもさらに進んで行くと、会場の大きな扉の前に、黒いスーツを着た男性が立っていた。
　黒髪に青メッシュ、整った顔立ち。スーツ姿で、いつもの青いメガネはかけていないけど、誰だかすぐにわかる。
　竜二さんだ。
　前にも見たことあるけど、やっぱりメガネをはずしているほうがいいかも……とか思っていることは、ないしょ。
「詩優。そのだらしない格好で中に入る気か」

　はぁ、とため息をつく竜二さん。

「ネクタイ締めるとか苦しい」

「だらしないところを自覚しててなによりだ。妃芽、詩優のネクタイを締めてやってくれないか？」

「はいっ！」

　と返事をして私は隣にいる詩優に「しゃがんで」と言った時——。

　足音が聞こえてきて後ろを向いた。

　貫禄がある50代くらいの人と、黒縁メガネをかけた優しそうな雰囲気の人が立っている。

「お久しぶりです」

　竜二さんが頭を下げる。

　偉い人なのかと思い、私はいったん詩優から離れて一緒に頭を下げた。

「……詩優、これから挨拶に行くんだ。その格好を今すぐ直せ」

　貫禄がある男性の低い声。

　私が怒られているわけではないけど、変な緊張感が漂う。

「…………」

　詩優はしぶしぶネクタイを締め直して、私はこの人が誰なのかなんとなくわかった気がした。

　この人は、きっと——詩優のお父さん。

　そう思ったら、冷や汗が出てくる。

　わ、私はなにか言うべきなのだろうか……。

　自己紹介くらいはしないと、印象悪いよね!?

でも、今ここで自己紹介っていうのも……。

パニック状態になって、固まっていたら詩優は私の肩を抱き寄せた。

「親父、利一さん、この子が付き合ってる彼女です」

詩優は目の前の男性ふたりに向かってひと言。

まさか、今、ここで、そんなことを言われるとは思わなかった。

びっくりしすぎて、状況を理解するのに時間がかかる。

い、今、親父って言ったよね!?

「ひ、ひ、妃芽乃花莉、ですっ!!」

声が震えて、噛んでしまった。

恥ずかしすぎる……。

慌ててまた深く頭を下げると、聞こえてきたのはため息。

「竜二、今日はお前にも挨拶をしてもらうぞ」

私の言葉はまさかの、スルー。

詩優のお父さんはそう言い放つと、パーティー会場の前の大きな扉の前に立つ。

竜二さんが扉を開けると、中へと入っていった。

「さぁ、君たちも行っておいで」

利一さんという男性は、竜二さんに代わって扉を支え、私たちに入るようにと促した。

詩優は私の手を強く握って、足を進める。

後に続くように竜二さんも会場に入った。

会場内はとても広くて、ドレスを着た華やかな女性や

スーツに身を包んだ男性がたくさん。

いくつもあるテーブルの上には、おいしそうな料理が並べられている。

そして、天井にはキラキラと光り輝くシャンデリア。

私たちが中に入ると一瞬で視線が集まった。

超高級ホテルの御曹司と、一般人の私。

誰がどう見ても不釣り合い。

それは自分でよくわかっているけど……、詩優のお父さんに無視されたことがショックだった。

そりゃあ、そうだよね……。

自分の大事な息子に、こんなちんちくりんの私なんかがくっついてるんだもん。

どんどんマイナス思考になって、前を向いて歩けない。

壇上（だんじょう）に上がって、詩優のお父さんがいるところで立ち止まり。

「会場にお越しの皆様、本日はお集りいただきありがとうございます」

大勢の前で始まった詩優のお父さんのスピーチ。

私もここにいていいのか、と思ったが詩優は私の手を強くつないだまま離してくれなかった。

それから詩優のお父さんの話が終わると、詩優と竜二さんのふたりも前に出て挨拶を述べる。

近くにいるはずなのに、詩優をどこか遠くに感じた。

「夜瀬詩優様」

　挨拶が終わると、声をかけてきたのはマッシュ頭の黒髪の男性。

「お初にお目にかかります。私は宮園慶一と申します」

　目の前の男性が頭を下げた時、詩優は「……宮園？」と少し引っかかったような表情をする。

「葉月から聞いておりませんか？　葉月の父と私の母が昨年再婚しまして。私は葉月の義兄になりました。それと、私は今、ありがたいことに詩優様のお父様——勇悟様の秘書をさせていただいてます。ご挨拶が遅くなってしまい、申し訳ありませんでした」

　もう一度頭を下げる男性。

「葉月とはしばらく連絡とってなかったから、ぜんぜん知らなかったけど……。そうだったのか」

　へぇ、と興味なさそうにつぶやいた詩優。

　明らかに自分たちより年上の相手に、少し失礼な態度だとは思ったが、私はなにも言うことができなかった。

　"葉月"という名前を聞いて動揺してしまっているから。

「そちらの女性は、詩優様の恋人ですよね」

　宮園さんの視線が今度は私へと向けられると、心臓がドクンと鳴って変な緊張が走る。

　声は優しいのに、なんだかその瞳が冷たくて……。

　笑いながら私に暴力をふるっていた義父と、似ているような気がする。

　初対面の相手に、なんて失礼なことを思ってしまったんだろう。

「……妃芽乃花莉、です」

　不自然すぎるくらい声が震えてしまう。あの頃のことを思い出すと、怖くなるんだ。

「すごくキレイな方ですね。詩優様とお似合いですよ」

　にこりと笑う宮園さん。

　嫌なことを言われたわけではない。でも、やっぱり。

「……ありがとう、ございます」

　嫌な汗が出てきて、目を合わせられないでいると、

「詩優！！」

　後ろから女の子の大きな声が聞こえてきた。

　反射的に振り向くと、そこには葉月さん。

　茶髪のセミロングで、ネイビーのパーティードレスからスラリと長い脚が大胆に出ている。

「葉月か」

「慶くんと一緒にいたんだ！！　パパが再婚してね、慶くんは私のお兄ちゃんになったの！！」

「さっき聞いた」

「このこと知らせるために、すぐに詩優にメール送ったんだよ！！　でもずっと返信来なくて……。悲しかったんだからね！！」

「ごめん。忙しくてさ」

　宮園さんはただ微笑んでふたりを見ていて、私も目の前のやり取りを聞いていることしかできなかった。

「絶対うそ！！　だってもう何年もメールの返事もらってないもん！！　ゲーム機だって貸したままだし」

「……あれ？　返さなかった？」

「返してもらってない!!」

「悪い。なくしたかも」

「返してもらってないのはそれだけじゃないよ!!　小学生
の時貸した消しゴムだって、鉛筆だって、なわとびだって
返してもらってない!!」

「まじでごめんって。今度お詫びするから」

　もやもやとした気持ちが心に広がっていく。

　自分でもどうしたらいいのかよくわからないけど……と
にかくここにいたくない。

　私が知らない詩優を葉月さんが知っていると思うと、な
んだかずるいと思ってしまうんだ。

　くいっと詩優の袖を少し強く引っ張って、

「……お手洗い行ってくるね」

　と伝えて、私は小走りで逃げた。

　"幼なじみ"なんだから仲がいいに決まってる。

　幼い頃から一緒にいたんだから、私が知らない詩優を葉
月さんが知っていて当たり前。だから、詩優の家族のこと
も知っていて当たり前。

　……私が知らないことを全部、葉月さんが知っている。

　胸がざわざわして、なんだか気持ち悪くなって、苦しい。

「あそこで逃げるのは彼女としてどうかと思うよぉ？　花
莉ちゃん」

「そんなのわかってるよ……って、え？」

　声のした方に視線を向けると、胸元まである髪をゆるふ

わに巻いて、赤いパーティードレスを着た女性が立っていた。

　すごく久しぶりに会ったのは、高城雅さん。雷龍の先々代のお孫さんで、恋のライバルだった子……。

　雅さんは葉月さんと同じように膝上丈のドレスで、長い脚と大胆に胸元を出している。大人の女性の色気が感じられた。

「……雅さん」

「雅もねー、詩優が好きだった頃は宮園財閥のあの女がすごい邪魔だったんだぁ。しかも強敵だし」

「…………」

　葉月さん、財閥のお金持ちだったんだ……。私とは違う。

「あ、カン違いしないでよね。雅はもう詩優のこと吹っ切れたから」

「そう、なんだ」

「だからといって、雅は花莉ちゃんに協力するわけじゃないからね。カン違いしないで」

「……わかってるよ」

「花莉ちゃんって積極的に詩優にアピールしたことある？」

　じっと私の目を見つめてくる雅さん。

　アピール……それは……。

「ずるいんだよ。花莉ちゃん、いつも詩優に愛されてるだけで自分から動こうとしないんだもん」

　雅さんの言う通りだ、と心の中で納得してしまう。

「あの女に詩優をとられるのも時間の問題かもね」

わかってる。

　キスはほとんど詩優からしてくれるし、手だって私から
つないだことがないかもしれない。

　詩優はいつも私を助けてくれるのに、私はなんの支えに
もなってない。

　……こんなんじゃ彼女失格だ。

「し、詩優は私のだって言ってくる!!」

　そう雅さんに伝えてから、私はふたりのもとへと向かう。

　待ってて……。私、ちゃんと詩優が頼れるくらいの彼女
になるから。

　頑張るから。

　詩優が抱えてるもの全部、私が一緒に背負うから。

　パーティー会場に再び戻ったけれど、詩優たちの姿が見
えなくなっていた。

　周囲を見回し、くるりと後ろを向いた時——。

「おっと」

　どんっ、と人にぶつかってしまった。

「ご、ごめんなさいっ!!」

「お怪我はありませんか?」

　そこにいたのはマッシュ頭の黒髪男性。宮園さんだ。

「は、はい!　大丈夫です……!」

「それなら良かったです。お急ぎですか?」

「はい。えと……、詩優を探してて」

「詩優様と葉月なら、ふたりだけで話があるらしく、会場

を出ましたよ？」

　ドクン、と心臓が嫌な音を立てる。

「……そう、ですか」

　ただそう返すことしかできなかった。

「あのふたりが帰ってくるまで、お話しませんか？」

　予想もしていなかった言葉に思わず「へ？」と間抜けな声が漏れる。

「あ、無理にとは言いません……」

　とたんに申し訳なさそうな表情へと変わる宮園さん。

　お話って……なんの話だろう。私は宮園さんと話すことなんてなにもない、よね？

　それにできれば、宮園さんとは一緒にいたくないというのが本心だったが、断ることができず「は、はい！」と返事をしてしまった私。

「ありがとうございます。立ち話も何ですし、よければあちらでどうですか？」

　宮園さんが指をさしたのは会場の角にあるソファ席。小さなテーブルの上には料理が並べられていた。

　こくりとうなずくと、ゆっくり私の歩幅に合わせて歩いてくれる宮園さん。

　……やっぱり怖いなんて思ったのは気のせいだ。詩優のお父さんの秘書だっていうし、こんなに親切なんだもん。

　途中で宮園さんがウェイターからグラスを取って、手渡してくれる。

　グラスの中に入っている飲み物はりんごジュースだろう

か。フルーティーな香りが漂ってくる。

「どうぞ」

「あ、ありがとうございます」

　先に入るように促され、奥に座る。

　ソファは高級みたいで、すごくふかふか。

　詩優の部屋にあるソファもすごくふかふかだけど、こっちもすごく座り心地がいい。

　続いて宮園さんも座った。

「妃芽乃様は、美しい方だとよく言われませんか？」

「え、ええ!?　言われないですよ!!」

　なんだか恥ずかしくなってきてグラスに入ったジュースを喉へと流し込んだ。

「そういう反応もなんだか可愛らしいです」

「!?」

「詩優様とは交際されてどのくらいですか？」

　宮園さんは興味津々といった顔をして、瞳を輝かせる。

「え!?」

　またしても驚きの質問。

　宮園さんのお話、というのは私と詩優のことを聞きたかっただけなのだろうか……。

　でも、それもそうか。

　見ず知らずの女が社長の息子の恋人で……。そんなの気になるに決まってる。

「えと……、半年、くらいだと思います」

「どちらから告白を？」

「……えと」

　質問に答えるのがなんだか恥ずかしくて、ジュースをごくごく飲む。宮園さんはテーブルの上にあった小瓶を取って「どうぞ」と中身をグラスに注いでくれた。

「ありがとうございます……」

「で？　どちらからですか？」

「……詩優から、です」

　それからも次々に質問攻めにあい……恥ずかしくなってりんごジュースを流し込んで。

　なにかを言った気がするし、なにかを聞かれた気がするけど、頭がふわふわして、気持ち良くて……。

　私はゆっくり目を閉じた。

隠しごと ～詩優side～

　花莉が会場を抜けた後。

「慶くん、ごめんね。ちょっと詩優とふたりで話してもいいかな？」

　葉月がそう言うと、宮園慶一は、

「積もる話もあるでしょうから、ごゆっくりどうぞ。では、失礼します」

　と、この場を去った。

「詩優、ここだと邪魔になっちゃうから移動しよう」

　確かに、俺らがいるのは会場のど真ん中。

「じゃああっちで話そうか」

　少し離れたところに場所を移す。中の様子も見えるし、花莉が戻ってきたら迎えに行けばいいか。

「詩優」

　葉月に声をかけられて、目を合わせると。

「私が詩優のお嫁さんになるんだと思ってた」

　びっくりだよ、と付け足す。

　葉月が俺のって……。

「俺らそういう仲じゃねぇだろ」

「詩優のお父さん、昔から『息子と宮園財閥の葉月が結婚すれば将来安泰だ』って言ってたでしょ？　子どものころから詩優の一番近くにいたのは私だったし、詩優は彼女がいなかったから、私と結婚すると思ってたの」

確かに親父はそんなことを言っていたが……。

「だから詩優に彼女がいるって聞いて本当にびっくりした。ここにも連れてくるし……。どこで出会ったの？　いつから付き合ってるの？　詩優は本気なの？」

なぜかめちゃくちゃ質問される。

そんなに気になるのか。

「秘密」

なんとなく照れくさくてそう返せば、

「ちゃんと言って!!」

ぎゅっと袖をつかまれる。

……全部言わせる気か。

俺は大きく息を吸って。

「高校の入学式で、俺が花莉にひと目惚れした。半年前くらいから付き合ってて、今は一緒に暮らしてる。俺、あいつには本気だから」

そう返せば、葉月はなぜか無言になる。

自分から聞いてきたくせに。

これじゃ俺が恥ずいだけじゃん。

「葉月？」

目の前で手を振ってみると、ぱっと我に返ったみたいで。

「そうなんだ!!」

と笑顔で返す。

それからなにかを思い出したように「あ！」と大きな声を上げる。

「詩優、さっき私にお詫びするって言ってたでしょ？」

「あぁ」

「なにかおいしいもの買って!!」

　おいしいもの？　ざっくりした要求だけど、菓子とかでいいよな。

「わかった。今度なんか送る」

　そう返せば「直接渡しに来てよ!!」という葉月。

「詩優、また連絡無視するかもしれないでしょ!!」

「もう無視しねぇよ」

「信用できないですよーっだ!!」

「……わかった。今度届けに行くから」

　そう返せば、葉月はうれしそうに笑って「やったー!!」と喜ぶ。

　それからすぐに。

「じゃあ、私、いろんな人に挨拶回りしてくるから行くね!!」

　笑顔で言って、葉月は行ってしまった。

　パーティー会場では花莉をひとりにしたくなかった。あいつは俺の恋人だし、好奇な目で見られること間違いなしだから。

　すげぇ心配。

　花莉が『お手洗い行ってくるね』と言ってからもう20分はたっているし。

　……女の子のことだから気にしすぎるのは良くないと思ったけど。

　なにかあったのか……。

　なんて考えると不安でたまらない。

　誘拐された、とかねぇよな？

　とりあえずジャケットに忍ばせておいたスマホから、花莉に電話をかける。

　でも、つながらなくて。

　不安は募るばかり。

　いても立ってもいられなくなり、会場内を移動して、花莉を探す。

　その間にいろんなやつに声をかけられても全部無視。

　今は余裕がねぇ。

「竜二!!」

　会場内にいる竜二に声をかける。

「どうした？」

「花莉見なかった？」

「見てないが……。一緒じゃなかったのか？」

「トイレからもう20分も戻ってこなくて。電話も出ねぇ」

「俺は会場内を探すから、お前は外を探せ。もし見つかったら知らせる」

「わかった」

　そう返事をして、俺は会場の外へ。

　裏口もあるけど、とりあえず表の扉の前にいる竜二の父親、利一さんに声をかけた。

「利一さん!!　あの、花莉……小さくて、可愛くて、小動物みたいな女の子見かけませんでしたか？」

　利一さんが花莉に会ったのは一瞬。

　説明すると、

「詩優くんの彼女だよね。確か会場を出て、すぐに中に戻っていったはずだよ」

　答えてくれる利一さん。

　花莉がすぐ戻ってる!?

「ありがとうございます!!」

　お礼を言って、竜二にこのことを伝える。

　引き続き竜二は会場内を探して、俺は裏口へ。

　裏口にはひと気がなくて、扉の前にいるのはひとりだけ。

　俺は、そいつを見て目を疑った。

　そいつは──以前、水鬼に頼まれて、雷龍を名乗って暴れていた男たちのひとりだったから。

　嫌な予感がして……。

「まさか、お前が花莉を誘拐したとかじゃねぇよな？」

　低い声を出して男に迫った。

　すると、男は「な、なんのことです？」と震えながら目を逸らして、わざとらしくとぼける。

　……怪しすぎる。

「もう一度聞く。お前が花莉を誘拐したとかじゃねぇよな？」

　男の胸ぐらをつかんで、もう一度低い声を出した。

「……こ、ここで、こんなことしてもいいんですか？　社長の息子の夜瀬詩優さん」

　体を震わせながら言う男。

　イラついてくる。

「幸い、ここには今、俺とお前のふたりしかいねぇだろ？　見つかる前に潰せばいいだけ」

　さらに強く胸ぐらをつかみ上げれば、

「お、俺は、水鬼に頼まれただけなんだ……!!　また大金を渡されて、『女をさらうからここの扉の前で見張ってろ』って!!」

　声を震わせながら答える。

　──水鬼！

　その族の名前を聞いて、嫌な汗が出てきた。

　花莉は、やっぱり誘拐されて……!!

「花莉はどこにいる。今すぐ言え！」

「ここの３階に部屋をとってあるみたいで、やつらはそこに向かった……!!　部屋番号は、俺は、本当に聞かされていない!!」

　許してください、と男は命乞いしてくる。

　一発ぶん殴ってやりたいところだけど、その時間すらもったいない。

「……二度と雷龍に関わるな。次はただじゃおかねぇ」

　男を離すと竜二に連絡し、すぐにフロントに向かった。

　そこで客室を調べると、使われている部屋は１部屋だけ。

　ここか……っ!!

　無事でいろよ、と願いながら全力で走った。

　部屋の鍵を開けて中に入ると、

「そこはやらぁ……っ」

　中から聞こえてきたのは女の子の色っぽい声。

　この声……!!

　部屋の奥へと足を進めると、スーツを着た男ふたりと、ベッドの上に押し倒されてる女の子——花莉がいた。

　花莉が着ているドレスはかなり乱れていて、背中のファスナーが半分以上、下ろされている。そのせいであらわになる肩と胸元。

　ドレスのファスナーに手をかけているのは見知らぬ男で。

　もうひとりの男はめくれ上がって見えている花莉の色白の脚に触れて、にやにやと笑っている。

　ふたりの男は、花莉に夢中になっていてぜんぜんこっちに気づかない。

「お前ら、その子が誰の女だか知っててそんなことしてんの」

　苛立ちから殺気全開で男ふたりをにらめば、やっと動きを止めて顔色を真っ青にさせる。

　それからすぐに、

「「すみませんでしたぁ!!」」

　と言ってベッドから下りると土下座。

　俺は自分のジャケットを脱いでベッドに向かい、花莉にかけてあげる、が——。

「しゅーらぁ♡」

　花莉は顔を真っ赤にして起き上がる。

　そのせいでジャケットがずり落ちて、再びあらわになる

花莉の乱れた格好。

　今度は肩にジャケットをかけると、俺の肩に手を回して
くる彼女。そのせいでまた落ちるジャケット。

　……熱？

　花莉の腕に触れてみてもそこまで熱くない。

　ろれつ回ってねぇってことは……。

　花莉の匂いを嗅いでみる。

　……飲まされた、のか。

「ここは俺が引き受ける。詩優は妃芽をどこか別の部屋へ」

　竜二がそう言ってくれて、「さんきゅ」と言ってから花
莉に声をかける。

「帰んぞ」

　俺にくっついた花莉を引き剥がして、落ちたジャケット
を拾ってまた肩にかける。

「やらぁ……っあついの……っ!!」

　抵抗する花莉を無視して、ジャケットの前のボタンを留
めた。

「移動するから。いい子にしてろ」

「……ごほーびは？　らいの？」

　急に大人しくなったと思ったら、潤んだ瞳で俺の目を見
つめてくる。

　……可愛すぎ。

「キス……」

　つぶやくよう言った花莉。

「……わかったから。行くぞ」

　花莉をぐいっと抱きかかえて、そのまま別の部屋へ直行。

　エレベーターで最上階へと向かい、1番手前の部屋の前で立ち止まる。

　ここは、俺が自由に使っていいことになっているスイートルーム。

　HEARTS HOTELに来ると、いつもこの部屋の鍵を白野が渡してくれる。

　部屋の鍵は、花莉に着せているジャケットのポケットの中。それを取るためには花莉を抱きかかえている手を離さなくてはならない。

「花莉、ぎゅーってして」

　そう言うと、花莉は「ぎゅーっ!!」と言いながら俺の肩に手を回して抱き着いてくれる。

　これ以上、暴れんなよ。

　心の中で思いつつ、花莉の肩に添えていた手を離してジャケットのポケットに手を突っ込む。

　部屋の鍵を出して、すぐにドアを開けると中に入って靴を脱ぐ。

　玄関に花莉を下ろして、

「靴脱いで」

「やらぁ」

　仕方なく靴を脱がせて、ベッドの上まで運んだ。

　ここまで俺はかなり頑張ったと思うんだけど……。

「キスちょーらい」

　ベッドの上に座ったまま俺をじっと見つめてくる花莉。

　……まぁ、いい子にしてたからな。

　そっと頬に手を添えて顔を近づけた時、

「深いのにしれ……」

　なんてつぶやいて瞳を潤ませる。

　煽ってんのか、と思うくらい目の前の女の子は色っぽい。

　それからキスをしたのは花莉の頬。

　唇にしないのは、一度キスしたら襲ってしまいそうだと思ったからで。

「そこはやらっ!!」

　目の前の女の子はそんな俺の気持ちも知らずに、頬をふくらませて怒っていた。

「ほいほい。早く寝ような」

　花莉の肩をとんっと押してベッドに寝かせて、布団の端と端を折って包む。

　これで、食べたいなんて思わねぇで済む。

　ほっとひと安心したのも束の間、

「あついのーっ!!」

　すぐに布団の中から出てくる花莉。

　俺が着せてあげたジャケットを脱いで、あらわになる胸元。

　さらにはドレスがめくれあがっているせいで、色白の脚が見えている。

　ドキッと心臓が鳴ったが、視線を逸らして。

「……見えてる」

　すぐに花莉から離れようとしたが、それを許さないとい

うように俺の袖をぎゅっとつかんで阻止。

「えっち、しらいの？」

　再び心臓がドキっと鳴る。

　……まじで煽んな。

「しねぇよ。この酔っぱらい」

「よっぱらってらいもん」

「どこからどう見ても酔っぱらってんだろ」

「よっぱらってらいから……しよ？」

「……やだ」

「なんれっ……」

「お前が酔っぱらってるから」

「よっぱらってらい」

「お前なぁ……。そうやってすきがあるから、すぐ襲われ
そうになってんだよ」

　花莉から目を逸らしたままベッドに座る。

　もちろん花莉は俺を離さずにぎゅっと袖をつかんでい
る。

「……すきなんてらいもん」

「そんな姿で言われても説得力ねぇ」

「ある」

「……俺が助けに行ってなかったら、お前あの場でされて
たんだからな」

　万が一間に合わなかったら、なんて考えると怖くなる。

「そんなことされらいもん」

「……無防備にも程があるだろ」

「しゅーが守っれくれるかららいじょーぶ」

「……もう寝ろ」

　花莉がつかんでいた袖を無理矢理引き剥がして、とんっと肩を押して倒す。

「わっ……‼」

　それから再び布団で花莉を包む。

　また布団から抜け出さないように俺も隣に寝っ転がって、布団ごと花莉に抱き着いた。

「あついのやらっ‼」

　布団の中からくぐもった声が聞こえてくる。

　それを全部無視して目をつむると、しだいに声は聞こえなくなって寝息が聞こえてきた。

　……やっと寝たか。

　少ししてから、竜二から知らせがあった。

　花莉を部屋に連れ込んだのは、水鬼の下っ端のやつらだったって。そいつらは上からの命令で、花莉を襲うように言われたらしい。

　こんなところにまで来るなんて。

　水鬼、近いうちになんとかしねぇと。

　起きたのは昼の12時を過ぎた頃。

　花莉はいまだに寝ているようで、布団の中から出てこない。

　……大丈夫か？　暑くないか？

　布団をめくって中にいる女の子をちらりと見てみると、

気持ちよさそうな顔をしてすやすやと眠っていた。

　乱れた格好で。

「……ふぅ」

　息を吐いてから、背中のファスナーに手を伸ばして上まで引っ張る。

　うん。これで大丈夫、なはず。

　と思ったが色白の細い脚へと目がいく。

　……細すぎじゃね？　すぐ折れそう。

　──ピリリリ。

　急に鳴り出した着信音。

　俺のスマホだ。

　慌ててスマホを取って画面を見ると、【夜瀬朱里】と表示されていた。

　姉貴？

　とりあえず通話ボタンをタップして花莉から離れた。

『もしもし!?　しーくん!?』

　俺が声を出すよりも先に聞こえてきた、姉貴の焦ったような声。

「どうした？」

『今すぐ社長室来て!!』

「……社長室？　なんで？」

『いいから早く!!』

　そして、姉貴の次の言葉に一瞬動きを停止。

『パパがしーくんの婚約者を、葉月ちゃんに決めちゃったの……!!』

　時が止まったかのように動けなくなった。

　それから、思い出したように込み上げてきたのは怒りで。

　花莉をベッドに寝かせたまま、急いで社長室へと向かう。

　たどり着くとノックもせずに部屋の中へと入った。

「しーくん!!」

「詩優!!」

　部屋の中にいたのは姉貴と葉月、それから……椅子に座るスーツを着た、親父。

　親父は一目俺を見るがすぐにデスクへと視線を戻す。

「……俺の婚約者、勝手に決めんな」

　──バンッ!

　と親父のデスクに手をついてにらめば、親父はため息をつく。

　めんどくさいとでも言うかのように。

「もう決まったことだ」

　親父はそう言ってから葉月に視線を向けて、「このバカ息子をよろしく頼む」と言った。

「俺の婚約者は──」

「妃芽乃くんには、私が責任をもってふさわしい相手を探しておくとしよう」

　まったく俺の話を聞く気がないみたいだ。

「ふざけんな!!」

「ふざけているのはどっちだと思っている。家を出て、なにをしているかと思ったら……」

　デスクの引き出しの中から親父はなにかを取り出して、

俺の前に並べた。

「夜瀬家に泥を塗る気か」

　親父が並べたものは数枚の写真。

　それは……。

　"雷龍の総長" としての姿だ。

　喧嘩をしている写真に、特攻服を着た写真。

　それが何枚もある。

「お前がしばらく家に顔を出さんから、慶一に探らせれば、こんなことをして……。せっかく宮園財閥との婚約も決まって、これで安泰なんだ。お前は大人しく経営の勉強でもしていろ！」

　親父はまたため息をつく。

　宮園慶一に探らせていたのか……。

　そこまでして俺を縛りたいんだったら

「俺はこの家と──」

　最後まで言う前に、今度はタイミング悪く部屋の扉がノックされて、

「入れ」

　中に入ってきたのは、当の宮園。

「失礼いたします。社長、そろそろお時間です。移動のお車は用意してあります」

　宮園の言葉に、「わかった」と親父が立ち上がり部屋を出ていこうとする。

「話は終わってねぇんだけど」

　ちらりと俺を一瞬見て、親父は「これ以上、話すことは

なにもない」と言ってから宮園と一緒に部屋を出ていった。

「……しーくん、花ちゃんは今どこ？」

　静かになった部屋で姉貴が口を開く。

「最上階の部屋にいる」

「パパには私からも言っておくから、しーくんは花ちゃんを連れて帰りな！　花ちゃんを不安にさせたらだめだからね！　葉月ちゃんとの婚約のことは秘密にしておきなよ」

　どんっと背中を強く叩いてくる姉貴。

「うん。私もパパと詩優のお父さんに、この婚約解消してもらうように頼むから」

　葉月もそう言ってくれて、そのおかげで足が動く。

「……さんきゅ」

　それだけ伝えて部屋を出て、すぐにエレベーターで最上階まで行った。

　鍵を開けて部屋に入ると、ベッドの上にはまだすやすやと眠ったままの花莉がいた。

　ほっとひと安心。

「花莉、起きろ」

　花莉の頬を突っついて起こしてみる。

　けど、「んー……」と言うだけでぜんぜん目覚める気配がない。

　花莉を親父とのことに巻き込みたくないし、葉月が婚約者になったなんて言えるわけない。

　だから、一刻も早く帰りたいのに。

　そんなことは知らずに、花莉は気持ちよさそうな顔をし

て眠り続けた。

　花莉に葉月とのことを知られる前に解決しねぇと。

　俺は花莉に隠しごとをしたんだ。

わからない

　詩優とパーティーに行った、というのは覚えているのだけど……その後どうなったのかぜんぜん覚えていない。

　だから、なんでこんな格好なのかもわからないんだ。

　私はまだパーティードレスを着たままで、裾がめくれ上がっている。

　しかも私が今いるのは詩優の部屋の、ベッドの上。

　……どうやって帰ってきたのか、まったく記憶がない。

　乱れたドレスを直してから急いで部屋から出ると、ドアの前に詩優がいてびっくり。

「ごめんね!!」

　と伝えて自分の部屋へと全力ダッシュ。

　自分の部屋に入ってベッドの上に座って、ドキドキ鳴る胸を落ち着けようと深呼吸。

　だけど……。

　——コンコン。

　部屋の扉がノックされて心臓が飛び跳ねた。

「は、はい!」

　私が返事をすると、

「花莉、ちょっと話いい?」

　聞こえてきた声は、気のせいか少しトーンが低い。

　まるで、怒っているかのような声。

　ま、まさか、私がなにかした!?

　なにを言われるのか少し怖かったけど、私は「うん！」
と返事。

　すぐに詩優が部屋に入ってきて、私は勢い良く立ち上
がった。

　すると、ズキッっと頭が痛む。

　な、なんだこの痛み……。

「座ってろ」

　詩優は座るようにと促してくれて、私はベッドに座った。

「花莉、昨日の記憶ある？」

　そう聞かれて、私はもう一度昨日のことをよく思い出し
てみる。

　パーティーに行って……。

　あ。詩優のお父さんや雅さん、葉月さんに会ったっけ。

　それから、宮園さん。

　宮園さんとなにか話したような……。詩優と葉月さんが
ふたりで話に行ったからって。

　少しずつよみがえってくる記憶。

　でも、ズキズキと頭が痛くて、やっぱり思い出せなかっ
た。

「なんか……記憶があんまりなくて。私、どうやって帰っ
てきたの？」

　詩優に聞いてみると、

「会場に敵の暴走族がいたみたいでさ、俺が花莉を見つけ
た時には、お前は酔っ払ってて。俺が連れて帰ってきた。
誰に酒飲まされたか覚えてる？」

　返ってきた言葉はまさかの。

　じゃあ、こんなに頭が痛いのはもしかして……!!　二日酔い!?

　でも、私が飲んだのは……。

「もしかして……、りんごジュース？」

「りんごジュースがどうかした？」

　詩優は不思議そうに見つめてきて。

「りんごジュース、もらったの」

　と答えれば「誰に？」と聞かれる。

　あの時一緒にいたのは……。

「宮園さんだったような？」

「宮園？」

「……うん。詩優がいなくて、声をかけられて。少し話してたような気がする」

　でも、あんなに優しそうな宮園さんが私にお酒を飲ませるなんて……。

　もしかして、ジュースとお酒を間違えたとか？

　それとも、私が成人してるように見えたとか!?

　うーんと考えると、もう少し思い出したこと。

「なんとなくしか覚えてないけど、宮園さんは『社長に呼ばれた』って、途中でいなくなっちゃった気がする」

　頭をフル回転させて思い出そうとしたが、これ以上は無理そう。

「……そっか。ごめんな、無理に思い出させて。花莉は今日1日寝てろよ」

　少し低い声で言った詩優は立ち上がり。

「俺、出かけてくるから」

　部屋を出る前に最後にひと言。

　様子がおかしかったような気がしたけど、頭が痛くて彼を追いかけられそうになかった。

　　詩優、怒ってたのかな……。

　帰ったらきちんと謝っておこう。

　その日、詩優は部屋に戻ってこなかった。

　次の日の朝に【康に送迎頼んであるから先に学校行ってて】というメールが送られてきただけ。

　だから私、奏太くん、壮くんの3人で康さんの車へと乗り込む。

「……今日はあいつ、サボり？」

　奏太くんが私に目を向けると、壮くんが「えー!?　ずっる!!」と騒ぎ出す。

「違うと思うよ。【先に学校行ってて】っていうメールが来たの。だから途中から来ると思う」

　納得がいかなそうな奏太くんは「……絶対サボり」と小さくつぶやく。

「詩優は忙しいんだよ」

「……浮気で忙しいんじゃねぇの」

「違うもん！」

「……それはどうだか」

　急になんてことを言い出すんだ、奏太くんは。

　詩優がそんなことするわけないのに。
　私は「奏太くんのバカ！」と言い放ち、窓の外に視線を送った。

　学校に到着すると、
「ひめちゃん、ちょっといい？」
　下駄箱で倫也に声をかけられた。
「おはよう、倫也。どうしたの？」
「詩優と竜二、どこにいるかわかる？」
　倫也がゆっくり口を開いた。
　予想もしていなかった言葉に思わず「へ？」と間抜けな声が出てしまう。
「今はどこに行ったのかはわからないけど、昨日の朝までは詩優は部屋にいたよ？　あ、あと……」
「あと？」
「詩優からメールが届いてたの」
「なんて？」
「先に学校行っててって。それだけ……」
　私が答えると、倫也は「そっかー」と言ってから、にっと笑う。
「朝からごめんね、ひめちゃん。ここ寒いから教室行こうか」
　私に背中を向ける倫也。
「詩優と竜二さん、行方不明なの？」
　倫也の袖を、ぐいっと引っ張る。
「いや、昨日今日と連絡取れなくてさー。総長と副総長が

音信不通って困るんだよねぇ」

　と倫也は笑うが、本当に困っているようだ。

「……詩優が昨日出かけた時ね、なんか少し怒ってるような気がしたの。私のせいかもしれないけど」

「大丈夫。詩優はひめちゃんに対しては、よっぽどのことがない限り怒らないと思うからさ」

　よっぽどのこと？

　私が不思議に思っていると、

「ひめちゃんがバカなことして危険な目に遭う、とか」

　倫也はそう言ったかと思ったら、急に私の肩に手を回して、ぐいっと体を引き寄せる。

　そのせいで倫也と距離が近くなって……。

　──カシャッ。

　とカメラのシャッター音が聞こえた。

　え？

　自撮り写真を撮った倫也。

「ごめんね、ひめちゃん。詩優から早く連絡くる方法だから」

　倫也はそう言いながら私から離れると、スマホを操作する。

　詩優から早く連絡がくる方法？

「ひめちゃんってさ、詩優にヤキモチ妬かせたいとか思わないの？」

「!?」

　倫也は急になにを言うんだ……。

　詩優の余裕を奪いたい、とは思うけど……、無理に妬か

せたいとは思わない。

「ひめちゃんって全部顔に出てるから分かりやすいね〜。詩優は、ひめちゃんのバカで純粋なところが好きなんだと思うよ〜」

　にやにやして、からかってくる倫也。

　それから……。

「俺も早くセフレじゃない可愛い彼女ほしいな〜」

「……セフレ、ってなに？」

「知らないの？　セフレ？」

「うん」

　わからない言葉を素直に聞いてみたのだが、倫也はそんな私を見て大笑い。

　そんなに笑わなくても良くない？

　倫也はしばらくひとりで笑ったあと、「ふぅ」と息をついて「ひめちゃんは知らない方がいいよ〜」とまた笑うのだった。

　詩優は放課後になっても学校に来なかった。

「……やっぱりあいつサボりじゃん」

　帰りの車の中でつぶやいた奏太くん。

　なんだかんだで奏太くんは、詩優がいなくて寂しそうにも見える。

　それを本人の前で言ったら、怒られるから言わないけど。

「俺ら、今日はダチと飯行ってくるから夕飯いらない！」

　壮くんは思い出したように手を上げた。

「わかった。帰り遅くならないように気をつけてね」

　大人しく部屋へと帰って、冷蔵庫を開けてみる。

　明日の奏太くんと壮くんの朝ごはん用の牛乳がなかった。

　伝えておかないとなにか言われそうだから、ふたりにあとでメールしておこう。

　さて、今日の夕飯はどうしようか。

　食材は少ないけど、野菜炒めくらいなら作れそう。

　スマホを開いて、簡単に作れそうなレシピを探す。

　どれがおいしそうかな。

　なんて思った時に。

　──ピロン♪

　とスマホが鳴って、メールを受信した。

　開いてみると、送り主は詩優で。

【倫也から写真送られてきたんだけど、なにかされてない!?】

　焦ったような文章。

　"写真" で思い当たるのは、倫也が学校で突然撮ったツーショットだ。

　私は大丈夫ということと倫也が困っていたことを伝えた。そしたら安心したようなメールが来て、次に。

【まじでごめん。今日も帰れそうにない。姉貴のとこに泊めてもらうことになった】

　というメールを受信。

【了解です！　寒くなってきてるから風邪ひかないように

ね】

　寂しい気持ちがないと言ったらうそになるけど、返信した。

　本当はどこにいるの？とか、なにしてるの？とか聞きたい。だけど、重い女だと思われるのは嫌なんだ。

　朝早く起きて、奏太くんと壮くんの朝ご飯を作り終えた時。

　——ピンポーン。

　と、インターホンが鳴った。

　……こんな早い時間に誰だろう。

　急いでモニターを確認すると、そこに映った人物に思わず息を呑む。

　モニターに映っていたのは——宮園さんだったから。

　出ようか迷ったけれど、もしかしたら詩優に用があるのでは……と思うと無視することはできなくて。

「は、はい」

『詩優様のことで大事なお話があるので、少々お時間をいただけないでしょうか？』

　……詩優のこと？

　しかも大事な話って。なんだろう……。

「……今行きます」

　そう伝えて、私は部屋のカードキーをポケットにしまって部屋を出た。

　エレベーターで下まで降りて、エントランスへ。

　宮園さんと目が合うと、やっぱりほんの少しだけ恐怖が感じられた。

「あ……えと、おはようございます」

　なんて言ったらいいのかわからず、とりあえず挨拶をしておく。

　宮園さんもにこりと笑って「おはようございます」と返してくれた。

「妃芽乃様、詩優様の婚約者が……葉月と決まったのはご存知ですか？」

「えっ？」

　その言葉を聞いた瞬間、動けなくなった。

　心臓がドクドクと嫌な音を立てて動く。

　宮園さんは今、なんて言ったのだろうか……。

　葉月さん？　詩優？

　……婚約者？

「あ……知らなかったようですね。まあ、社長が勝手に決められたそうなので……」

　宮園さんの言葉が、ただ頭の中へと響く。

　そして、自分の中で何回か再生されて……、ようやくその言葉の意味がわかった。

「詩優様はわかりませんが、葉月は詩優様と結婚する気があるようでして……。まあ、あんなことをした深い仲のおふたりだから、しかたないとは思いますが……」

　引っかかる宮園さんの言葉。

　聞きたい、けど……聞きたくない。

　でも、無意識に口が動いてしまった。

「あの、あんなこと……って？」

　宮園さんは少しの沈黙の後、

「……体の関係、と言ったらいいでしょうか」

　申し訳なさそうに話す。

　息が上手く吸えない。

　いつもどうやって呼吸をしていたっけ……。

「それはずっと昔のことですよ……!!　でも昨日、頼まれた荷物を届けようと葉月の部屋に行った時、私は見てしまったんです。葉月と詩優様が、部屋の前で抱き合っているところを」

　さらに追い打ちをかけるように、宮園さんは革製のカバンの中から１枚の写真を取り出して、それを私に見せた。

　その写真に写っているのは間違いなく葉月さんと詩優で……。

　ふたりは抱き合っていた。

「昨夜、詩優様は、実家とは別に借りている葉月のマンションに泊まったはずです……」

　……うそ。

　そんなの全部うそに決まってる。

「信じられないようでしたら、葉月の部屋に行ってみますか？」

　私はゆっくりこくん、とうなずいた。

　ちゃんと確かめて、詩優のことを信じたいと思ったから。

　エントランスを出ようとしたところで——。

「姫じゃん！　えっ！　なになに!?　浮気!?」

　タイミングよくというか、悪くというか……コンビニの袋を持った壮くんと奏太くんがエントランスに入ってきた。

「あの、これはですね――」

　宮園さんはふたりに、今から詩優のところに行くことを説明。

　私は今、奏太くんと壮くんに声をかける余裕すらなくて……。

「妃芽乃様、行きましょうか」

　説明が終わると、私に声をかけて歩き出す宮園さん。

　私もあとに続こうとした、その時。

　ぐいっと腕を引っ張られて、

「あんた、そのブサイクな顔でどこ行くの」

　奏太くんに阻止された。

「……えっと、詩優のとこに行こうとしてただけで」

　声が震えて、言い終わるのと同時に視界がゆがんで。涙がぽたりとこぼれ落ちてしまった。

　すると、ぐいっとまた腕を引っ張られて、奏太くんは私を隠すように宮園さんの前に立つ。

　壮くんも奏太くんの隣に立って。

「……帰れ」

「姫泣かすと総長が怒るよ？」

　奏太くんと壮くんの低い声が聞こえてくる。

　違うの……。違うんだよ……。

　ぎゅうっと奏太くんと壮くんの裾をつかむと、振り向いたふたり。

「……どのみちそんなブサイクな顔、人様に見せられないからやめとけ」

「俺も奏太に同意。それに総長に会いたいなら部屋で待ってた方がいいと思うけど？」

　ふたりはまたくるりと宮園さんを見て、

「「帰れ」」

　と言った。

「……妃芽乃様、また」

　宮園さんは笑みを浮かべて一礼すると、エントランスを出る。そのまま扉は閉まった。

　いつまでも動かない私の手を引いて歩く、奏太くんと壮くん。

　エレベーターに乗ってから壮くんは突然笑いだして、何事かと思ったら、

「なんかこれ宇宙人連行みたいじゃね？」

　とか言う。

「……あー、確かに」

　納得する奏太くん。

　宇宙人連行って……。

　真ん中の宇宙人は小さくて、両サイドにいる人は背が高い人じゃなかったっけ……。

　私たちの場合はだいたい背丈が同じくらいだから、宇宙人連行にはならないと思うんだけど。

なにも言えずにただ部屋まで連れていかれた私。

なにが本当でなにがうそなのか……。

ちゃんと詩優本人に聞かなくちゃいけない。

なにがあっても詩優を信じたいから……。

うそつき

『詩優様の婚約者が……葉月に決まったのはご存知ですか？』

『……体の関係、と言ったらいいでしょうか』

『私は見てしまったんです。葉月と詩優様が、部屋の前で抱き合っているところを』

　あのあとも涙が止まらず、結局学校を休んでしまった。

　今は、ソファに寝転びながら、赤く腫れた目を冷やしているところ。

　奏太くんと壮くんは私のために「総長探してくる」と外へと行ってしまった。

　静かな空間にひとりでいると、なんだかさっきのことを思い出して苦しくなってくる。

　考えるのやめよ……。

　温かいココアを作って喉へと流し込む。

　じんわりと甘さが広がって、なんだかまた涙が出そうになったが、ぐっとこらえた。

　どれくらい時間が経っただろうか。

　──ガチャンッ!!

　という玄関の扉が開く音が聞こえてきて、私の意識は、はっともとに戻った。

　そして、私の目の前まで来た彼──詩優は、息を切らしていて。

「……無事で良かった」

　そうつぶやいてから、座ったままの私をぎゅっと抱き締める。

　視界が涙でゆがんだ。

　詩優のことがわからないから。

「……やっ」

　嗅(か)いだことのない香水の香りが甘くて……。

　甘ったるくて、いつもの詩優じゃない気がして……思わず突き放す。

　嫌な方向へと考えて、詩優の目を見られない。

　なにから話したらいいのかわからない。

　聞くのが怖い……。

「……花莉」

　彼が私の名前を呼んだ時、ピンポーンとインターホンの鳴る音が聞こえた。

　それから。

「詩優ー!!　昨日から私の部屋にスマホ置きっぱなしだったから持って来てあげたよー!!」

　葉月さんの声。

『昨日から』

『葉月の部屋』

『体の関係』

　葉月さんが言ったこと、宮園さんから聞いたことが頭の中でぐるぐると回る。

　信じなきゃ……。

詩優を信じなきゃいけないのに……。

もうどうすることもできなかった。

立ち上がって、そのまま勢いよく部屋を出る。

全速力で走れば、ちょうどエレベーターが到着していて。

「花莉!!」

後ろから声が聞こえるけど、立ち止まらずに乗り込む。

神様が私の味方をしてくれたのか、詩優が追いつく直前でエレベーターが閉まった。

ひとりになった空間で涙があふれる。

詩優はもしかしたら……。

そんなことを考えると、怖くて苦しくて仕方なかった。

エントランスに着くと、葉月さんの姿。

目元を拭って、気づかないように下を向いて通り過ぎようとしたのだけど。

「妃芽乃さん」

と声をかけられてしまった。

葉月さんが近づいてくると、甘い香水の匂いがした。

さっき、詩優からした甘ったるい香水と同じ匂いが。

やっぱり詩優は葉月さんといたってこと……。

詩優からもこの匂いがしたんだから、きっと近い距離でなにかをしたんだ……。

また涙があふれそうになって、慌ててこらえる。

顔を上げることができないでいたら、

「ごめんね、妃芽乃さん。昨日、詩優を私の部屋に泊めたの」

その言葉に動けなくなってしまった。

……い、今、なんて？

葉月さんの言葉が繰り返し何度も頭の中で再生されて、ようやく理解。

じゃあ、宮園さんから聞いたことが正しくて

【姉貴のとこに泊めてもらうことになった】

とメールで送ってきた詩優の言葉はうそ……。

泣きたくなんてないのに、涙がぽたぽたとこぼれ落ちる。

心に鉛（なまり）を抱えたかのように重くなって、怪我をしたみたいにズキズキと痛むんだ。

こんなひどい顔なんて、葉月さんに見せたくないのに……。

「私はなにより詩優が大切だから、婚約解消の協力をしようとしたけど……。やっぱり諦めきれないってわかったの。私は、妃芽乃さんが詩優と付き合ってても、詩優のことが好き」

まっすぐに私を見つめてそう言った葉月さん。

「詩優が好きだから、もう婚約解消の手伝いはできないし、告白して自分の想いを伝えるから」

それはちゃんと妃芽乃さんに言っておく、と葉月さんは付け足す。

……葉月さんは昔から詩優と一緒にいて、私の知らない詩優をたくさん知ってる。

付き合ってたった半年の私よりも、絆は強い。

私なんて、詩優の家庭の事情すら、ちゃんと知らないんだから……。

そんな、葉月さんが詩優を——。

なにも言うことができずにただ下を向いていたら、

「花莉!!」

エレベーターが下まで到着したのか、詩優がすごい勢い
で走ってくる。

「待てよ!! 花莉!!」

私は逃げ出したが、エントランスを出る直前で、パシッ
と手首をつかまれて動けなくなってしまった。

「……詩優、なんでうそついたの？」

やっと出た声は情けないほど震えている。

「ごめんね、詩優。私の部屋に泊めたこと妃芽乃さんに言っ
ちゃった」

次に口を開いたのは詩優ではなく葉月さん。

「……花莉、これには理由があって」

詩優はぎゅっと私の手を強くつかむ。

「……離してよ……詩優のうそつき」

「ちゃんと聞いてほしい」

「やだっ……っ!!」

言ってはいけない。抑えなくちゃ。

それはわかっているつもりなのに……嫌な感情があふれ
出して、もう止められない。

「頼むから聞いて花莉」

「詩優なんて嫌いっ、大っ嫌い……っ!!」

詩優の手を思いっきり振り払う。

けど、簡単に手は離れない。

「花莉!!」

　私の名前を呼ぶ声。

　苦しくてたまらなくて……。

「触らないで……!!　うそつき!!」

　もう一度詩優の手を全力で振り払って、今度こそ手が離れて。

　彼が再び私に手を伸ばしたところで──。

「詩優!!」

　葉月さんがぎゅっと詩優に抱き着いた。

　その光景を見ていることができなくて、ここにいたくなくて。

　私は背を向けて全速力で走ってエントランスを出た。

　それからは追ってくる足音は聞こえてこなかった。

　胸が痛い。苦しい。

　……張り裂けそうだ。

　必死に足を動かして、気づいた時には知らない道をさまよっていた。

　すぐ近くに住んでいたはずなのに、こんなところがあったなんて。

　細い道に入ってたどり着いたのは、小さな公園。

　が、思わず前で足を止める。

　だって、その公園ではガラの悪そうな男たちがタバコを吸っているところだったから。

　……しかも制服姿で。

　目が合ってしまえばさすがにやばいと思い、走って公園
を通り過ぎる。

　ポケットの中に手を突っ込んでみても、みごとになにも
持っていない。

　お財布も。スマホも……。

　ただひと気のない道を走って、やっと大通りが見えてき
た。

　ここの大通りなら、以前詩優のバイクの後ろに乗った時
に通った気がする……。

　少し前のことを考えるだけでもまた視界が涙でゆがんで
しまって、セーターの袖でごしごし目をこすった。

　不意に吹いた風が冷たくて、もうすぐ冬だと教えてくれ
ているようだった。

　もうすぐ冬ってことは、詩優と出会って1年がたつ……
ということ。

　……あっという間だ。

　って、また詩優のことを考えてしまう。

　今は、今だけは忘れたいのに。

　──ドンッ。

　なにかにぶつかって、顔を上げると、

「妃芽乃様……!?」

　そこには驚いた顔をする宮園さんがいた。

「ごめ……なさ……」

　とっさに謝るが、声が震えてしまう。

　宮園さんが私を見て驚いている、ということは、本当に
ひどい顔をしているということ。

「どうされたんですか!?」

「……っ」

「……詩優様と、葉月のことですか？」

　言い当てられて、さっきのことを思い出す。

　苦しくて、ただこくんとうなずいた。

「……泣かないでください」

　温かい体温に包まれた。

　突然のことに頭が追いつかなくて、ただされるがまま。

　宮園さんに抱き締められている、ということに気づいた
のは数秒後。

「やっ……!!」

　宮園さんの胸を押すと体をすぐに離してもらえて、「す、
すみません!!」と謝られた。

　宮園さんは……、私の涙を止めようとしてくれただけな
のに。

「……い、いえ」

「と、とりあえず乗ってください!!　そんな薄着では風邪
をひいてしまいますから!!」

　路肩に停めた車の助手席のドアを開け、私の背中を強く
押す。

　強い力で押し込まれたところで

「てめぇ……花莉になにしてんだよ」

　怒りを含んだ低い声が聞こえてくる。

　この声は……確認しなくても誰だかわかる。

　——詩優の声。

「す、すみません……!!　詩優様!!　妃芽乃様が悲しまれているように見えたので……」

　宮園さんは詩優に頭を下げる。

「……帰るぞ」

　詩優に手首をつかまれて、車から降ろされる私。

　強い力で手を引いて歩き出そうとする彼。

　つかまれているところが痛い。

　私は一歩も動かなかった。

「離して……!!　やめてよ……っ」

　涙が次々にあふれ出す。自分でも止められない。

「詩優と一緒にいたくないの……っ!!」

　手の力が一瞬だけゆるんで、私は手を振り払った。

「宮園さん、車に乗せてください……」

　私は助手席へと乗り込んだ。

　今は、どうしても詩優と一緒にいたくなかったから。

　宮園さんはすぐに運転席に乗って、車は発進。

　……詩優はどんな顔をしていただろうか。

　怖くて顔を上げることができなかった……。

　車が少し進んだところで、赤信号になり止まる。

「妃芽乃様」

　宮園さんに声をかけられたけど、

「ご迷惑をおかけしてすみません……。もうここで大丈夫です」

　私はそう言うと、急いで車を降りた。

　せっかく乗せてもらったけど、詩優と葉月さんのことを聞かされるのはもっと胸が苦しくなるから。

　そこからは走って向かったのは京子の家の近く。

　気づいたらもう夕方で、朝よりも肌寒い。

　ここだ……。京子の家はお金持ちで、豪邸。

　だからすごくわかりやすい。

　京子の家へとたどり着いて、

　──ピンポーン。

　と玄関のチャイムを鳴らした。

　すると、すぐに玄関の扉が開いて京子が私のところまで走ってくる。

「花莉!? 　詩優が今、花莉のこと探して……」

　京子が言い終わる前にぎゅっと抱き着いた。

「言わないで……詩優には……」

　今日何回目かわからない涙があふれ出す。

　京子はなにも言わずに私の頭をなでて、部屋の中に入れてくれて。

　思いっきり泣いたあと、今まであったことをすべて話した。

「……なるほどね」

　紅茶をいれたマグカップを手渡してくれる。

　そっと口をつけて、喉を潤す。

　……優しい甘さですごくおいしい。

「詩優が浮気なんてするわけないと思うよ?」

　優しく微笑む京子。

「周りから見てすごいわかりやすいわよ？　詩優が花莉に
ベタ惚れなの」

　ベタ惚れ……!?

「わ、わかんないよ……」

「落ち着いたら詩優と話してみたら？」

「……っ」

　いつまでも逃げていていいわけじゃない。

　けど、向き合うのが怖いの。

　葉月さんと詩優が……そんな関係だったら嫌。

　詩優の１番は私がいい。

　隣にいた京子は立ち上がり、本棚から大きな本を１冊取
り出すと、また私の隣に座る。

「これね、私たちの中学の卒業アルバム」

　１ページ目を開くと、集合写真がのっていた。

「あ……っ」

　アルバムをめくると、目に入ったのは、雷龍のみんな。

　向かい合って頬を引っ張り合っているのは……詩優と、
『鳳凰』の元総長の海斗さん。

　詩優の黒髪は前に聞いた通りツンツンに立っていて、少
しあどけない表情に見える。

　海斗さんは以前見た時と同じで、金髪。そして、詩優と
仲が良さそう。

　その隣には無表情の竜二さん。

　背後では……竜二さんの頭の上に指を１本立てて、鬼の

角のようにして笑っている倫也。

　みんなの近くで敬礼している明日葉に、片手で顔を隠してピースをしているのは……たぶん京子。

　当たり前だけど、みんな幼い顔してる。

　それから、さらにページをめくると、クラス写真が出てきた。

「ふふっ」

　思わず笑ってしまう。

　だって、個人写真ではみんなの笑顔がひきつっているんだから。

　無理に笑おうとしてる。まぁ、私も卒業アルバムの写真を撮った時は笑顔が引きつっていたと思うけど。

　これはひどい。

「……ふふっ」

　笑いをこらえようとしても、また笑ってしまう。

　京子も「これは黒歴史ね」と笑っていた。

　それから、授業風景の写真で明日葉と倫也が寝ていたり、文化祭や体育祭、修学旅行の写真まであった。

　私の知らないみんな。

　私だけ中学校が違うから、ここにいたかったな……なんて思ってしまう。

「詩優ね、中学の時なんて恋愛に興味なかったのよ」

「え？」

「詩優の初恋が花莉だってこと、うそじゃないわよ。詩優が誰とも付き合ったことがないのを、私たちは知ってるか

らね」

「……っ」

「それに花莉は気づいてる？　花莉を見る時の詩優の目が
すごく優しいってこと」

　私が首を傾げると、京子は

「すごく大切にされてるのよ。花莉は。過保護なくらいにね」
と付け足して、にこりと微笑む。

　だめなの……。

　私は弱いから……。

　また涙があふれてしまう……。

　本当は、なにをすべきかわかっているのに……。

　まだ話す勇気が足りないの。

詩優の過去

「……り！　……なり！　……てっ!!」

　誰かが遠くから呼んでいる。

　その声はだんだん大きくなっていって、私の中へと響く。

「花莉！　花莉！　起きてっ!!」

　体を揺さぶられ、ぱちりと目を開けるとすぐ近くに京子の姿が。

　京子はなぜだかひどく焦った表情。

「花莉、行くよ!!」

　ぐいっと私の手を引っ張って、体を起こしてくれるとすぐに早足で階段を下りる。

「……行くって、どこに？」

　ポケットに入っているスマホで時間を確認すると、朝5時。まだ眠い目をこすって、京子に聞いてみる。

　それから玄関で靴を履いて、京子のお父さんの車に乗せられると、やっと京子が答えてくれる。

「詩優が倒れたって……」

　その言葉に時が止まったかのように動けなくなった。

　頭の中が真っ白になって、詩優の部屋に着くまでずっと無言だった。

　マンションに到着すると、インターホンを押す。

『ひめちゃん、京子……。今開けるよ』

　聞こえてきたのは倫也の声。

　気のせいか、すごく元気がない。

　それからロックが解除されて、エレベーターに乗って、最上階へ。

　心臓がバクバクして暴れる。

　どうしよう、私のせいで詩優が……。考えると怖くなる。

「ひめちゃん……」

　迎えてくれたのは倫也で、暗い表情をしていた。

　さらに不安になる。

　急いで靴を脱いで、詩優のもとへと向かう。

　リビングにはいなくて、詩優の部屋へと入ると、そこにはベッドの上で目を閉じている詩優の姿が……。

「……詩優っ!!」

　すぐに近くまで駆け寄って、ぎゅっと抱き着いた。

「ごめんなさい……っ」

　うそつきって言って。

　一緒にいたくないって言って。

　詩優の手を振り払って……。

「……俺の方こそごめん」

　聞こえてきたのは倫也の声でもなく、京子の声でもない。

　もちろん、私が声を出したわけでもなくて……間違いなく、詩優の声。

　ぱっと詩優を見ると、目を開いていて。

　でも、どこか顔色が悪かった。

「……詩、優っ、起きてたの!?」

　詩優から離れて、距離を取ろうとしたが、ぐいっと腕を

つかまれて離れるのを阻止される。

「……花莉の声が聞こえてきたから起きた」

　なにそれ……。

　笑おうとしたのに、こぼれ落ちたのは涙で。

「心配……したのっ……」

　もう一度ぎゅっと詩優へと抱き着いた。

「……本当にごめん」

「体調悪いの……？」

「……最近あんま寝てなかったから睡眠不足、だと思う」

「……バカッ」

　病気じゃなくて良かったとひと安心。

「花莉、うそついてごめん。本当のこと、俺の過去のこと
も全部、ちゃんと話すから……聞いてほしい」

　詩優の言葉にゆっくりうなずく。

「でも、詩優がたくさん睡眠とってからにしよう……」

　そうしなくちゃまた詩優が倒れてしまう。

「その間に俺のそばから離れんの、禁止」

「……もう離れないよ。ちゃんと話聞くから」

　もう逃げたくないってそう思ったの。

「約束」

「うん、約束」

　それから詩優はすぐに眠りについたようで、すー、すー
と規則正しい寝息が聞こえてきた。

「邪魔者は撤退するわね」

「じゃあね、ひめちゃん」

　声がして振り向けば、ドアのところからこっちをにやにやして見ているふたり。京子と倫也。

　み、見られてた……！！

　手を振るふたりの後ろ姿に「ありがとう！」とお礼を言った。

　詩優は夕方に起きた。

　ぐるぐる肩を回した後にソファへと移動する。

　私を座らせた後に、詩優もその隣へ。

「まずなにから話すか……」

　詩優はうーんと考えたあと、もう一度口を開く。

「前に母親と兄貴が他界してるって話はしたろ？」

「……うん」

「あれは交通事故だった。６つ年が離れた兄貴が悠、だから俺は悠兄って呼んでて。姉貴含めて俺たち３人は仲が良かった。花莉に母親と兄貴が他界したことを言いたくなかったのは、可哀想なやつって思われたくなかったから。それと……昔のことを思い出すのが、今もつらいから」

「……っ」

「昔さ、同級生から『可哀想』って言われて、当時の担任とか、他の大人からもすげぇ同情されてた。その時から俺は普通になれないんだ、って思うとなんか嫌だったんだ」

　詩優の声が悲しみを含んでいて、涙が目に溜まる。

「だから、花莉にも同情されたくなかったのかも。『可哀想なやつ』って思われたくねぇ」

「……っ」

　私はただ詩優に抱き着いて、強く……強く抱き締めた。

「親父と仲悪くなったのもちょうどその時から。悠兄はさ、夜瀬家の長男だったから、小学生の頃から跡継ぎだって親父から言われてた。婚約者も勝手に決められてて、その相手が幼なじみで、宮園財閥の葉月」

　葉月さんが……詩優のお兄さんの婚約者？

「悠兄は葉月のことが好きだったから、それは問題なかったんだけどな。葉月だって悠兄のこと好きだったから」

「!?」

　じゃあ、当時のふたりは両思いだったってこと……!?

　でも、今は、葉月さんは詩優のことが好きで……。

　びっくりして詩優から手を離して、目をぱちくりさせていたら、笑われた。

　その笑顔がいつもの詩優の笑顔で、なんだか安心。

「悠兄が亡くなって、代わりに俺が跡継ぎにされた。何事もなかったかのようにさ。次男だから……とは思ったんだけど、親父がどんどん厳しくなって。家庭教師をつけられ、外出制限され、中学受験しろと言われ……。耐えられなくなって、それからはもう大喧嘩」

　そして「1ヶ月くらい家出したかも」と笑う詩優。

　1ヶ月の家出……。小学生で……。

「当時の俺なんて、行くところは葉月の家か海斗の家くらいだったから、ふたりの家を行き来してたっけ」

　聞いたのはあまりにもつらい過去で、ぽたりと涙がこぼ

れ落ちて、詩優は指で私の涙を拭ってくれる。

「大丈夫、大丈夫。泣きすぎたら目が腫れるから、あんまり泣くなよ。水分もなくなっちまうから」

　水持ってくるな、といったん詩優は立ち上がり冷蔵庫へ。

　ペットボトルのお水を持ってすぐに戻ってくると、それを渡してくれた。

「ありがとう……」

　ごくんと何口か飲むと少し落ち着いてくる。

「なんか聞きたいことある？　家のことでも、葉月のことでも」

　私の顔をのぞき込んで、優しい声で聞いてくれる。

　詩優の家のこともまだまだ気になるところだけど、"葉月"と聞いてすぐに思い出したのは、宮園さんが見せてくれた、詩優と葉月さんが抱き合っている写真や、『体の関係』と言っていたこと。

「詩優と、葉月さんの……写真見たの」

　震えた声で言えば、

「写真？」

　詩優は首を傾げる。

「……宮園さんに、詩優と葉月さんが抱き合ってる写真を見せられたの」

　そう言えば詩優は眉をひそめて、

「あれのことか……」

　とつぶやく。

「先に言っておくと、抱き合ったわけじゃねぇから」

「……じゃあなに？　私にうそついて葉月さんのところに泊まったけど、抱き合ってはいないってこと？」

　嫌味を含めて言えば、詩優は叱られた仔犬のような顔になる。

　可愛いけど……今はちゃんと聞かなくちゃいけない。

「葉月が急に抱き着いてきて。そこを宮園に写真撮られた。それから葉月の部屋に泊まったのは、婚約解消の話し合いをしてただけで本当になにもない。でもそれを言ったら花莉を傷つけることになる……ってそうわかってたから、うそついた。……本当にごめん」

　詩優の言葉を信じたい。

　信じたいけど……気になることがある。

「話し合いって……？」

　詩優はまた息を吸ってから、

「この間のパーティーの日にさ、親父に俺が暴走族やってるのがバレて……。親父は俺を大人しくさせたくて、それとHEARTS HOTELの将来のことを考えて、葉月を婚約者にするって話になったんだ。その話を白紙にするための相談だ。それと、花莉には隠しごとしたくないから言うけど……」

　詩優が話をいったん切るから、私は緊張しながら次の言葉を待つ。

　詩優は大きく息を吸って。

「夕べ、葉月に告られて、婚約解消はもう手伝えないって言われた。葉月は昔、悠兄が好きだったんだけど……、今

は想いが薄れて気持ちが変わったみたいでさ」

　告白されたのはきっと……というか絶対、私が詩優の手を振り払って逃げた後のことだろう。

「俺には花莉だけだから。婚約解消できるように、きちんと親父にかけ合う」

　詩優は私の頭をなでてくれる。

　手は温かいけど、まだ安心はできない。

「は、葉月さんと詩優は……体の関係はあったの？」

　聞くのが怖い。

　だけど、本当のことを聞きたいという気持ちの方が勝ってしまって……。

　詩優の次の言葉が怖くて、ごくんと息を呑んだ。

「んなわけねぇだろ」

　頭をなでていた手を止めて、ぎゅっと私の手を握ると視線を合わせる。

「俺は花莉としたのが初めてだし。これから先も、お前しか抱かねぇよ」

　衝撃的な言葉に、

「へ？」

　と間抜けな声が漏れる私。

　……詩優が？

　学校でも、外でも、すごくモテる詩優が？

　……私が初めて……？

　私はただ口を開けて詩優を見つめることしかできない。

　それから、我に返ったのは数秒後くらい。

「ぜ、絶対うそっ!!」

　だって、キスだって、初めてした時だって、慣れたように私に触れていたじゃないか。

　私より可愛い子なんてこの世界にはたくさんいるし……詩優はたくさん出会いがあったはずだ。

「うそじゃねぇよ」

「絶対うそっ!!　慣れてたもん!!」

「慣れてねぇし。あほ花莉」

「な、なんで教えてくれなかったの!?」

「……言うもんじゃねぇだろ」

「言ってよっ!!」

「普通は言わねぇ」

　……確かに。

　普通は言わないのかもしれない。

「……わかんないよ」

「もうお前にうそつかねぇって決めた後に、すぐうそつかねぇから」

　詩優が私を見つめる瞳は真剣で……、真実だってことがよくわかる。

　だったら、本当に……。

　あの時が詩優の初めて……?

　急に顔が熱くなって、体温が一気に上昇する。

「恥ずいからそういう反応すんな」

　でこぴんを1回。

　力がぜんぜん入っていないから痛くなかったけど、私は

おでこを手で押さえた。

「だって……」

　　──うれしいんだもん。詩優の初めての相手が私で。

「……っていうか、そんなうそ情報、誰に吹き込まれた？」

「え……？」

　それは……。

「……宮園さん」

　その名前を口にした瞬間、詩優は眉をピクリと動かした。

　なんで、宮園さんは私にそんなうそをついたのだろうか。

　それに、詩優と葉月さんの写真だって……どうしてタイミングよく撮れたのだろう。

　葉月さんが自分の義妹だから、気になって見張っていたとか……？

「なにたくらんでんのか知らねぇけど、宮園には近づくなよ」

「……うん」

「宮園になにかされてないか？　嫌なことされたりとか、触られたりとか……」

　詩優は自分で聞いておいて、なにかを思い出したかのように、強く私を抱き締める。

　その力は強すぎて、少し苦しいくらいで。

「……詩優っ」

　『苦しい』と伝えたかったのだが、私の言葉は詩優によってさえぎられた。

「宮園のやつ俺の前でやりやがって」

　怒りを含めて言う詩優。

　ま、まさか、宮園さんに抱き締められたところを見られてた!?

「……一瞬だけ、だったから」

　すぐに離してもらえたし。

　……ぜんぜん大丈夫なんだけど。

　そう思った時、再び思い出したのは詩優が葉月さんに抱き着かれていた時のこと。

　私も強く詩優を抱き締め返した。

「……他になんかされてねぇ？　っていうかあの後どこ連れてかれたの」

「……ただ車に乗せてもらって、次の赤信号ですぐに降りたよ。そこから京子の家に行って、泊めてもらったの」

「……良かった。無事で」

　それから私は詩優に頭をなでられて、しばらくの間離してもらえなかった。

　ご飯を食べて、お風呂に入ってから、詩優と一緒にベッドの上で横になる。

「ねぇ、詩優」

「ん？」

「……もう少し、過去のこと聞いてもいい？」

「なんでも聞いて」

「……小学生の時、お父さんと大喧嘩して1ヶ月家出したって言ってたでしょ？　そのあと、どうやって家に戻ったの？」

「俺の居場所なんて親父はわかってたからさ。親父は俺を
ぶん殴って引きずって帰ったよ」

　詩優は「あの時一緒にいたのは海斗だったな」とか言っ
て笑う。

　そ、それはかなりの大喧嘩だ……。

「だ、大丈夫、だったの？」

「その後は大人しくしてたから平気」

　少し引っかかる言葉。

　その後は、って。

　ということは……。

「それからは？」

「どうしても自由になりたくて、夜中に家を飛び出して夜
の世界を見に行った。そこで出会ったのが"雷龍"」

　……雷龍!!

「先代の総長──准さんが俺を拾ってくれて、面倒見てく
れたっけ。当時俺は小学生だったから、族には入れてもら
えなかったけど」

「小学生……で？」

「あぁ。でも族に入れてもらえたのは中一の夏あたり。親
父が嫌ってる暴走族に入るのが、俺の唯一の仕返しだった
から、もっと早く入りたかったけど」

「お父さんに暴走族入ってるのバレた時、すごく怒られな
かった？」

　一般的に暴走族は良く思われていないから心配。

「怒ってた、っていうより呆れられた」

「……そうだったんだ」

「親父のことは俺が認めてもらえるように、ホテルの仕事とかちゃんと頑張るから」

「なにか私にできることがあったら言ってね」

　できることがあるかはわからないけど……。少しでも詩優の力になりたい。

「花莉にはこれからも俺のそばにいて支えて欲しい」

　と優しく笑う。

　こくん、と私はうなずいて詩優に抱き着いた。

「約束する」

　——私はこの時、できない約束をしてしまったんだ。

Chapter 4

期限つき

　詩優と仲直りしてから２週間後。
「妃芽乃様、社長がお呼びです。少しお時間をいただいて
もよろしいでしょうか？」
　学校から帰ってマンションに戻ったところ、エントラン
スで私に声をかけてきたのは……宮園さん。
　詩優は『親父と話つけてくる』と言ったまま帰って来て
いない。奏太くんと壮くんは倉庫に行ってしまったから、
今は私ひとり。
「えと……」
　緊張で声が震えてしまう。
　詩優には、『宮園に近づくな』と言われているし、私だっ
て宮園さんにうそをつかれたばかりで、関わりたくないと
思っていたから。
「詩優様のことで話したいそうです」
　にこりと笑った宮園さんにゾクリ、と背筋が凍りそうに
なった。
　行ってはいけないのかもしれない。
　けど、私も詩優のお父さんと話したいことがある。
　覚悟を決めて宮園さんについて行った。
　ロータリーに停めてあった黒塗りの車のドアを開けて、
「どうぞ」
　宮園さんは私を乗せてくれた。

「……ありがとうございます」

　この車に乗るのは２回目。

　走り出す車の窓の外を眺める。

　車内は無言で、ただどこかで聴いたことがあるクラシックの曲だけが耳に届いた。

　約１時間後に到着した場所、そこは……見知らぬ公園の駐車場。

　外はもう薄暗い。

　……こんな場所で詩優のお父さんと話すの？

　疑問が頭に浮かんだ時、

「これを」

　と、宮園さんはカバンの中からなにかを取り出した。

　渡されたもの、それは数枚の写真で。

　見た瞬間、心臓がドクンと嫌な音を立てた。

　詩優が特攻服を着ている写真に、乱闘中に人を殴っている写真。

　な、なんで、宮園さんがこれを……？

　疑問に思った時に、宮園さんはにやりと笑う。

「私が詩優様のお父様から詩優様を探るように頼まれて、撮った写真です。今はこの写真を詩優様のお父様にしか見せていませんがね。今は」

「今は、って……？」

「詩優様……夜瀬詩優には罰が必要なんですよ。私はさんざん苦労して……好意を寄せていた葉月のことを諦める覚

悟をしてまで今の地位を手に入れたのに、夜瀬詩優はなんの努力もせずにHEARTS HOTELの次期社長。好き勝手して余裕な顔してる夜瀬詩優のことが、死ぬほどむかつくんです。しかも葉月はあの男を好きだと言う……。本当は殺したいくらいでしたが、すぐに殺すのもあまり面白くないと思いましてね」

笑いを崩さず話す宮園さん。

声のトーンが低くなって、恐怖を感じる……。

「私は夜瀬詩優に罰を与えやすくするために、周りの人間を懐柔してきました。そこで、私はとてもおもしろいことを思いついてしまったんです。すぐに殺すのではなく、生きたまま苦しんでもらおう、と」

宮園さんがそう言って、レバーを押したとたん、私は座席とともに後ろへと倒れ込んでしまった。手に持っていた写真がひらりと落ちる。

宮園さんは私の上に覆い被さって、そっと首元に触れ。

「ここであなたを殺せば、夜瀬詩優が苦しむことは間違いなし」

冷たい声がすぐ近くで聞こえてきた瞬間、手に力を加えられて……一気に呼吸ができなくなる。

「っ……ぁっ……」

必死に抵抗しても、身をよじろうとしても、足をばたつかせようとしても力ではかなわない。

詩優っ……!!

心の中で彼を呼んでも苦しいことには変わりなくて、も

うだめかも……と思った時、首元の力はゆるめられた。

　空気がたくさん吸えるようになって、もがくように空気を吸うと咳が止まらなくなる。

　殺される……！

　そう思い必死に車のドアに手をかけたけれど、開けることはできなくて。

　私の両手は宮園さんによって、押さえつけられてしまった。

「落ち着いてください。あなたを殺しはしませんから」

　宮園さんの楽しむような声が耳に届く。

　逃げられない……。

「殺すよりも、もっともっと面白いことを考えついたんです」

　宮園さんの顔を見たくないのに、あごを持ち上げられて無理矢理目を合わせられ……あまりにも冷酷な視線に動けなくなった。

「あなたを私のモノにすればいい、と」

　そう言ったあと、私に顔を近づけてきて……。

　唇が触れる前に、ぐいっと宮園さんの体を押し返した私。

「……なるわけない」

　やっと出た声は震えてしまって、宮園さんに笑われた。

「大丈夫。私の話を聞けば、自分からなりたいって思うようになりますから」

　……話？

　嫌な予感しかしない。

「妃芽乃様、問題です」

　宮園さんは口角を上げた後に、

「夜瀬家とつながりのある方々全員……ホテルの従業員、財閥、名家、そしてネットにこの写真をばらまいたらどうなるでしょう。さらに夜瀬詩優がドラッグをやってる、なんてでたらめな噂を流すと、もっと面白いことになりそうです」

　さっき見た、詩優が特攻服を着た写真をひらひらさせた。

　……え？

　その写真を、ばらまく……？

　ありもしない噂を、流す？

　そしたら、詩優だけでなく、詩優のお父さん、朱里さん、それから竜二さんも大変な目に……。

　それを考えたら怖くなって、

「やめて……」

　と宮園さんから写真を奪った。

「写真のデータはこっちにあるので無駄ですよ」

　余裕そうな目の前の男性は、なにも言えなくなった私を見て満足そうに笑うと、

「写真をばらまくのを回避する方法がひとつだけあるんですけど、聞きますか？」

　そんなの……いい方法なわけない。

　それはわかってるんだけど、私はこくんとうなずいた。

「あなたが私と結婚すること、です」

　宮園さんは固まった私を見て大笑いしながら「ね？

ね？　面白いでしょう？」と聞いてくる。

「あなたはどちらを選びますか？　夜瀬家が潰れてあなた
が幸せになる運命か、夜瀬家が生き残ってあなたが私と一
緒になる運命か」

　目の前に差し出された手。

　私は……その手をつかんだ。

「いいんですか？」

　自分で脅しておいて、よくそんなことが言える。

「……その代わり、絶対写真をばらまかないって約束して」

「約束しますよ」

　体を引き寄せられて、唇にキス。

　こんなのやだ。嫌だよ。

　本当はキスなんてしたくないけど、拒んだらなにをされ
るかわからない。

　好きな人のほうが大切なんだ。

　唇を離した宮園さんは、にこりと笑って私を抱き締めた。

「誓いのキスですよ」

　耳元でささやかれて、鳥肌が立つ。

　我慢。我慢だ。

　詩優を守らなくちゃ……。

　まばたきをすると、はらりと涙があふれた。

「そこまで私も鬼じゃないので、お別れの時間くらいは作っ
てあげますよ。安心してください」

　ぽんぽんと頭をなでてくる宮園さん。

　正直触られたくない。

　頭をなでてもらってうれしいと思うのは、詩優だけなの……。

　隣にいたいと思うのも詩優なの。

「12月25日の朝に迎えに行きます。あと１ヶ月もないですが、それまでにお別れをしておくといいでしょう」

　私は好きでもない人の胸でたくさん泣いて、好きでもない人の胸の中で……。

　大好きな人に謝った。

　12月24日は私の誕生日。

　その誕生日までは詩優と一緒にいられる。

　あと１ヶ月もない、私の初恋。

最後の約束

　いっぱい泣いた夜、私は心を入れ替えた。

　せめて最後まで笑顔でいようって、そう思ったの。

　朝方、部屋に帰ってきた詩優はなんだかうれしそうだった。ぎゅっと私を抱き締めて、

「葉月とのこと、なんとか婚約解消できたから……」

　そう言った詩優。

「……よかった」

　ぎゅっと私も詩優を抱き締め返した。

「なにたくらんでんのか知らねぇけど、宮園が親父と葉月の親父を説得してくれたみたいでさ。ほんと、なんで急に俺の味方をするんだか」

　……良かったよ。

　これで私がいなくなっても、他に好きな人をつくって、その人と結婚できるってことなんだから……。

　あふれそうな涙をぎゅっと目をつむってこらえた。

　なにごともなかったかのように学校に行って、みんなと会う。

　きっと、宮園さんと結婚したら学校にも通えないだろうな……。

　つらくなるだけだもん。

　だからみんなに会えるのもあと１ヶ月もない、ってこと。

「京子！　明日葉！　おはよう!!」

　自分の教室に入って、大好きな親友たちに挨拶。

「朝から元気ね？　花莉」

「おはよー!!」

　京子は自分の机の上でパソコンを広げていて、明日葉は京子の前の席でお弁当を食べているところ。

「今日はね!!　久しぶりに詩優と登校できたの!!」

　私の言葉に京子はにやにやしながら、「良かったね」と言ってアメをくれた。

「あー！　ずるい！　あたしにもちょーだいー！」

　それを見逃すまいと明日葉はお弁当を机の上に置いて、後ろを振り向いた。

「明日葉にはさっきあげたでしょ？」

　京子はそう言いながらもアメを明日葉に手渡した。そして、「やったー!!」と喜ぶ明日葉を見て微笑む。

「花莉、ここの席ね」

　京子が指さしたのは窓際の1番後ろ……京子の隣の席だ。

「席替えだって。好きな席でいいらしいわよ。しかも早い者勝ちだって」

　席替え!?

　京子の隣の席を見ると、『花莉の席』と書かれた紙が置いてあった。

　なんだかうれしくて頬がゆるんでしまう。

　気持ち悪いくらいにこにこしていたら、「花莉可愛い」と京子にゆるんだ頬をつんつんされた。

「そういえば……」と京子が思い出したように言ってから。

「もうすぐクリスマスだけどどう？　詩優にデートでも誘われた？」

とたずねる。

クリスマス……。

その日は、私はもう詩優の彼女ではなくなっている……。

「あ、あのね、25日は予定できちゃって……」

私がそう返すと京子だけでなく、明日葉も驚いた顔をして、

「「え!?」」

ふたりの声がハモった。

私は精いっぱいの笑顔を作って、

「お母さんのところに行こうと思ってたの」

うそをついた。

「クリスマスに実家!?」

京子は私の両肩をつかむと、強く揺する。

「っていうか詩優にデート誘われてないの!?」

私を揺するのをやめて、真面目な表情でじっと目を見つめる。

「誘われてない、よ？」

私が答えると、京子は「あのバカ詩優」とつぶやいたのだった。

少しは、詩優に誘ってもらえるって期待してもいい……

のかな？

　授業が始まると。

　なんとなく予想はしていたけど、窓際の席だと授業中に
つい京子や明日葉と話してしまい……先生に怒られること
が多かった。

　けど、いつもより授業が楽しい。席替があってよかった。
「次の授業体育に変更だって〜」
「えっ！　ジャージないかも……」

　すぐにロッカーの中を開けてみたが、やっぱりなくて。

　どうしよう。
「彼氏に借りればいいじゃない」

　にこりと笑った京子。

　気のせいか、"彼氏" という言葉を強調していた気がする。

　彼氏。

　そう言われるとなんだか照れくさくて、頬が熱くなる。
「そ、そうする」

　小さく言ってから私は詩優のいる１組へと走った。

　１組の教室は男子しかいなかった。

　たぶん、体育が終わったばかりなんだろう。着替え中の
人がいるし、教室からは制汗剤の匂いがするから。

　ここにいたら、のぞいていると思われてしまいそうだ。

　……諦めて帰ろう。

　と思った時、ガラッと教室の扉が開く音がして。

「花莉！」

　名前を呼ばれて立ち止まると、詩優が私に駆け寄ってきてくれて。着替えが途中だったようで、ネクタイをしていない。

　少し、ほんの少しだけのぞいただけなのに、気づいてくれた。

　なんだかうれしくて、ぎゅっと詩優に抱き着く。

「花莉？」

　詩優は驚きつつも優しい手で頭をなでてくれる。

　やっぱり、この手が一番大好き。

　ゆっくり顔を上げると詩優と目が合って、

「なんかあった？」

　優しい声が上から降ってきた。

「あのね、ジャージ貸してほしいの」

「俺、今体育で着てたから汗臭いかもよ？」

「詩優の匂いなら好きだから大丈夫」

　言った後に、恥ずかしくなる。今の発言は変態だと思われてしまいそう。

「……可愛すぎ」

　詩優はそうつぶやいてから、私の頬をむにっと優しく引っ張った。

「……っ」

　恥ずかしくて熱くなっていく頬。

「いーよ、貸してやるから。条件付きで」

　詩優の口角が上がったのを私は見逃さなかった。

「……条件って？」

「俺のジャージ着てるとこ、写真撮って俺に送って」

「……うん？」

「ちゃんと送れよ？」

　写真くらいならいいかと思い、こくんとうなずいたら詩優はもう一度私の頭をなでてくれて「待ってろ」と言ってから教室へと戻っていった。

　それからジャージを手渡すと「授業遅れんぞ？」と笑った。

「ありがとう!!」

　私は詩優に手を振ると、急いで女子更衣室へと向かった。

「詩優、一緒に寝たい」

　返事を待たずに、布団の中へともぐり込んだ私。

「俺まだ返事してないんだけど」

　詩優はただ笑うだけで、ベッドを半分空けてくれた。

「急にどうした？」

「……寒かったから」

　それも本当のことだけど、限られた時間の中で私は詩優と１分でも１秒でも長く一緒にいたいから……。

「俺に襲われに来たのかと思った」

　今度はからかうように笑ってくる。

　……私が恥ずかしがるのなんてわかっているんだろう。

　でも……。

「……襲ってもいい、よ」

　詩優にならなにをされてもいい、って思ってるから。

　詩優は私と目を合わせたあと、「バーカ」と言って、でこぴんを1回。

　おでこを押さえて詩優を見つめる。

「花莉、なにか忘れてねぇか？」

　忘れてる？　何を？

　私は脳をフル回転させた。

　それでも、考えても考えてもなにも思い当たることはなくて。

「……え？　なに？」

　詩優に聞いてみた。

「ジャージ着てる写真、送られてきてねぇんだけど」

「……送ったよ？」

　体育の時間に。

　ちゃんと言われた通りに写真を撮ったもん。

「送られてきてねぇ」

　ムスッとしている詩優は「早く」と催促してくる。

　私はポケットの中からスマホを取り出して、送信済みのメールを確認した。

「あ」

　思わず声が漏れた。

「ご、ごめん……。間違って京子に送ってた……」

　は、恥ずかしい。

　京子にこれを見られたってこと、だよね……？

　この、だぼだぼのジャージを着て、はにかみ笑いをしている写真。

　とりあえず詩優に写真を送って、京子に謝罪のメールを送ろうとしたら……メールを1件受信していたことに気づいた。

　それは京子からのメールで。

　タップして開いてみると、

【愛しのダーリンに早く送ってあげてね♡】

　と書かれていた。

　もう見られたあとだったみたい……。

【ごめんね。メール間違ってた。忘れてくれるとうれしいです】

　メールを返信。

　だから京子、体育が終わってから私のこと見て、にやにやしてたんだ。

　ちらりと詩優を見ると、スマホの画面を見て固まっていた。

「詩優?」

　少し体を揺すってみると、はっと我に返ったみたいで。

「待ち受けにする」

　詩優はそう言ってからスマホを操作。

「え!? だめだよ!!」

「可愛すぎて無理」

「恥ずかしいからだめっ!!」

「やだ」

「私もやだっ!!」

　それでも詩優は止まらず……のちに満足そうな顔をした

から、待ち受けに設定できたんだろう。

「……もう寝る」

　ヤケになって、布団の中にもぐって顔を隠した。

　そしたら布団を顔のところまでめくられて、

「大事な話あるから出てきて」

　ちらりと詩優を見ると真剣な表情だった。

　大事な話、とはなんだかドキドキするもので。大人しく布団から顔だけ出して詩優と目を合わせる。

　詩優はひと呼吸してから、

「12月24日……その日、俺に1日ちょうだい」

　聞こえてきたのはうれしい言葉。

「うんっ!!」

　すぐに答えた。

　詩優は優しく微笑んで、私の頭をゆっくりなでてくれる。

「決まりな。その日、俺のことしか考えんなよ」

「うんっ!!」

「約束な」

　詩優は私に顔を近づけてきて、キスをひとつ。

　それから指切りをして、最後の約束をしたんだ。

　12月24日は、詩優の彼女でいられる最後の日。

　ゆっくり目をつむろうとしたら、

　——ピリリリ。

　鳴り響く着信音。

「ちょっとごめん」

　詩優は起き上がると、

「どうした？」

　と電話の相手にそう言って。

　数秒後には「今行く」と伝えて電話を切った。

　……行っちゃうの？

　急に寂しくなってくる。

「ごめん、花莉。水鬼がまた喧嘩売ってきたみたいだから行ってくる」

　電話が終わると、彼は私の頭をなでてくれる。

「水鬼はやたら金回りいいから倉庫をいくつも持ってて、本当のアジトも総長もはっきりわかってない状態でさ」

　……そんなに謎が多い族なんだ。

「気をつけてね」

　寂しいなんて、そんな言葉は言えるわけない。

　詩優は雷龍の総長で、大事な役目があるんだから。

「さんきゅ。おやすみ」

　彼は私の頬にキスを落として、部屋を出る。

　私は、その後ろ姿を見送った。

　一緒にいられる時間を大切にしたいのに、穏やかな時間は続かない。

　ここのところ、水鬼が雷龍に喧嘩を挑んでくる日々が続いているから。

　なんだか不気味だ。

　私は雷龍が無事でありますようにと神様に祈った。

大切な時間

「今日は竜二に守ってもらって」

「……詩優は？」

「俺は学校休んで、水鬼のアジトを探す」

「……気をつけてね」

　朝方、ぽんぽんと詩優に頭をなでられる私。

　頭をなでてもらえるのはうれしいんだけど……それだけじゃ足りなくて。

「キスして？　深いのがいい……」

　じっと詩優の目を見つめた。

「帰ったらな」

　今度は乱暴に私の頭をなで回される。

　エレベーターに乗って、そのまま外へと出ていつもの康さんの車に押し込まれて。

「なんかあったら俺に連絡して」

　詩優はカバンを私に渡してからそう言うと、車のドアを閉めた。

　私は走り行く車窓から、遠くなっていく詩優をただ見ていた。

　お昼休み、私、京子、竜二さんの３人でいつもの空き教室へ。

　詩優だけでなく、明日葉と倫也も水鬼のアジト探しに行

くために学校はお休み。

　お弁当を食べ終えて、担任の先生から配られたそれを見つめて、

「「はぁ……」」

　と、同時にため息をついた私と京子。

「ため息をつくと幸せが逃げていく、と聞いたことがある」

　竜二さんはそう言ってからブラックコーヒーを喉へ流し込む。

　担任から配られたもの……それは、"進路希望調査票"。

「竜二さんは進路決まってるんですか……？」

　ちらりと竜二さんを見ると、

「……俺はおそらく、卒業したら副社長の補佐をするだろう。父から仕事を教えてもらって、1人前になったら副社長に就任するんだろうな」

　そう答えてくれた。

　すでに決まってる未来。

　……それをどう思っているのかまでは、さすがに聞けなくて。

「……そうなんですね」

　と返した。

「花莉だって決まってるじゃない」

　京子はそう言うと、私の手から進路希望調査票を奪った。それからペンを出して、スラスラと文字を書いていく。

「はい」

　京子はにやにやしながら、進路希望調査票を返す。

【詩優のお嫁さん♡】

　しかも第1希望から第3希望まで。

　そこで私は気づいてしまった。

　進路なんて考えなくても、自分にはもう未来なんてない、ということに。

　私はここから姿を消すんだ。

　みんなとは離れたところで生きていかなくちゃいけないんだ。

「そう……なったらいいなぁ」

　にこりと笑って見せた。

「ってこれ、ボールペンで書いたの!?」

　京子は満足そうに笑うと紅茶をひと口。

　まぁ、いいか。

「竜二。詩優からなにも聞いてないんだけど、今年もやるの?」

　京子の言葉に竜二さんは一瞬考えてから、「あぁ」と答える。

　今年もって、なにかやるんだろうか。

　疑問に思っていたら竜二さんが私と目を合わせて

「妃芽、雷龍には恒例行事があってな。年末には倉庫の大掃除、大晦日は年越しカウントダウン、元旦は暴走、それから新年会がある」

　丁寧に説明してくれる。

「そ、そんなにたくさん行事があるんですね」

「忙しくなるから覚悟しておくといい」

　優しく微笑む竜二さんは、すごく楽しみなんだろうと思う。

「はい！」

「冬休みの前にテストがあるからな。浮かれるなよ」

　赤点の人は冬休みも学校に来なくちゃいけないみたいで。

　……クラスのみんなは勉強をいつもより頑張っていたっけ。

「まぁ、すごく心配な３人は今日欠席だけどね。留年にでもなったら慰めパーティーでも開きましょうか」

「それいいかもな」

　京子の提案に納得する竜二さん。

　みんな、無事に３年生になれるといいね。

　詩優のいない部屋は寂しい。

　けど、夕飯になれば奏太くんと壮くんが部屋に来てくれるから、騒がしくてそんな気持ちも紛れる。

　それに、今日は誠くんも遊びに来てくれた。

「す、すすみません……。僕までごちそうになって……」

　申し訳なさそうにしている誠くんは、やっぱり礼儀正しくて、いい子だと思う。

　お土産にケーキまで持ってきてくれたし、部屋に上がる前には靴をきちんとそろえていた。

「ううん！　気にしないで！　今日はカレー作ったからたくさん食べてね！」

「やったー!!　カレーだカレーだ!!」

　壮くんは大はしゃぎ。

　みんなの分をよそって、テーブルの上へと置くとすぐに、

「いただきー！」

　と壮くんがカレーを頬張った。

「い、いただきます！」

　続いて誠くんも手を合わせてからカレーを食べる。

　けど、奏太くんは……カレーにいっさい手をつけず、私を見ているだけ。

　もしかして、奏太くん、カレーが嫌いとか？

　私はそっと、冷蔵庫から牛乳を取り出して、コップに注いだものを奏太くんの前には置いた。

　奏太くんは牛乳が好きだから、大好物があれば嫌いなものだって頑張れるよね？

「……ち？」

　小さな声が聞こえてきて、よく聞き取れない。

　首を傾げると、奏太くんは不機嫌になりながら、

「……甘口？」

　今度は私をにらみながら聞いてきた。

「……中辛、だけど」

　私が答えると「チッ」と奏太くんが舌打ちをする。

　もしかしてのもしかして……奏太くんは。

「辛いの苦手なの？」

　ちらりと奏太くんを見ると、不機嫌そうな顔をしながら、

「……なわけねぇし」

　わかりやすいうそをつかれた。

「ふふっ」

　と思わず笑ってしまう。

　そういえば以前『奏太はピーマンが嫌いなんだって』と詩優が言っていたっけ。

　苦いのとか辛いのが嫌いなんだ……。

　コーヒーも飲めなかったりするのかな？

「うぜぇ」

　奏太くんはそうつぶやいたあとカレーをひと口頬張る。けど、なんだか微妙な表情をするから……。

　私は冷蔵庫からチーズを取り出して、奏太くんのカレーにトッピングしてあげた。

　これなら食べやすい、はず。

「……生卵も」

　そんな声が聞こえてきて、ちらりと奏太くんの顔をのぞき込めば目を逸らされる。

　生卵もカレーにトッピングすると、

「あっ！　ずるい！　俺も生卵食う!!」

　壮くんもそう言うから卵をトッピングしてあげたら、うれしそうな表情になった。

　誠くんは……キラキラと目を輝かせてチーズを見ていた。

　すごくわかりやすい。誠くんにはチーズをトッピング。

「あ、ありがとうございます!!」

　中学生3人組の可愛いところを発見。

　みんなカレーをおかわりして、食べ終わった後は片付け
まで手伝ってくれた。

　意外なことに奏太くんが食器を洗ってくれて、誠くんが
拭いて、壮くんが片付ける係。

　……私は、みんなを観察係。

「気持ち悪りぃから見んな」

　とか奏太くんに言われてしまったけど、ずっと見ていた
らそれ以上なにも言われることはなくて。

　片付けが終わるまで見ていた。

「じゃ、俺ら下の階に帰るから」

「ご、ごちそうさまでした……っ！」

「…………」

「おやすみ！　寒いからお腹出して寝ないようにね」

　それから３人が部屋へと帰っていく後ろ姿を見送った。

　みんながいなくなって急に静かになる部屋。

　私はその寂しさをごまかすようにお風呂に入って、すぐ
に自分の部屋の布団の中へともぐった。

　寝てしまえば寂しいなんて思わない。

　目を閉じればすぐに眠気がやって来て……。

　私は意識を手放した。

　宮園さんに手を引かれて、暗闇に連れてこられた。

　怖くて、ひとりは嫌で……。

「詩優っ……！」

　私は必死に彼の名前を呼んだ。

「詩優っ!!　みんな……っ!!」

　大きな声で叫んでもやっぱり誰もいなくて、私はここに
ひとりなんだと思い知らされる。

「……っ」

　ぽたぽたと涙がこぼれ落ちる。

　泣いても意味なんてないのに。

　やだ……やだよ。

　みんなと一緒にいさせて……。

　お願いだから……。

「……り!　花莉!」

　大好きな人の声が近くで聞こえた気がして、ぱちりと目
を開けた。

　すると、目の前にいたのは詩優で……。

「ひとりにしてごめん」

　頬に触れて、指で目元を拭ってくれる。

　そこで気づいたんだ。私は泣いていたんだと……。

「……怖い夢、見たの」

　ゆっくり起き上がって、ぎゅっと詩優に抱き着いた。

　すると、すぐに強く抱き締め返してくれて。温かい手で
頭をなでてくれる。

　……安心する。

　詩優の手は魔法の手だ……。

「……一緒に寝てもいい?」

　今は怖いからひとりでいたくない。

「当たり前。俺の部屋おいで」

　詩優は私から体を離すと、ぐいっと抱きかかえた。そしてそのまま部屋を出て、ベッドに下ろされる。

　詩優も隣に来て、一緒に布団の中へ。

「……寒い」

　ぽつり、とつぶやくと詩優はぴたりと私にくっついてくれて、体温が伝わる。

「……手、つないでもいい？」

「いいに決まってんだろ」

　今度はからめ合わせるようにぎゅっと手を握ってくれて、もっと詩優がほしくなりそうだ。

「……キスして？」

　詩優は私に顔を近づけて、唇に触れるだけのキスをひとつ。

　でも、それだけじゃ足りなくて……。

「深いの……するって約束は？」

　詩優と目を合わせると、

「目、つむって」

　と優しい声が降ってくる。

　私が目をつむるとすぐに唇を落とされて、深くて甘いキスになる。

　もっともっと詩優に触れたくて、自分からも積極的に舌をからめる。でも、息はそう長く続かなくて唇が離れると息を乱す。

「……好きなの」

　そう言葉にしたとたん、なんだか泣きそうになってしまった。

　涙をこらえて、詩優の目を見つめると、

「……知ってる」

　ぽんぽんと手をつないでいない方の手で頭をなでてくれた。

「先に寝ないで……」

「だったら早く寝ろ」

「……寝られないの」

「羊数えてやろうか」

「子守唄がいい……」

　小さくつぶやけば、詩優の耳に届いたようで「りょーかい」と言ってから、どこかで聞いたことがある歌をゆっくり歌ってくれる。

　その歌はあまり上手とは言えないけど……不思議とすごく落ち着く。

　詩優の歌、初めて聞いたな……。

　私ね、もっともっと詩優の隣にいたいよ。

　もっともっと詩優のこと知りたいの。

「……音痴」

「寝ろ」

「最後に……おやすみのキス、したい」

「子守唄はいいの？」

　私はふふっと笑ってから、「音痴だったから大丈夫」と返す。

「おい」

　詩優も笑ったあと、私の唇に優しくキスをした。

　あと何回キスできるのかな……。

　私は涙があふれないように目をつむった。

デートの前夜

いよいよ明日が最後のデートの日。

「デートの服、どうするか決めた？」

京子から言われて、私はまだなにも決めていないことに気づき……放課後、やって来たのはショッピングモール。

運転手の康さんは、お店の入口のところで待ってくれている。

「これなんて似合うんじゃない？」

京子が手にしたのは、肩が大胆に出た長袖の白いワンピース。

「可愛いんだけど、肩寒そうじゃない？」

「外では上着羽織って、室内では脱げばいいじゃない」

「そ、それもそうだね」

「それに！　背中のファスナーで、脱がしやすさ抜群よ」

「!?」

驚いた私を見てにやりと笑う京子は、絶対面白がっている。

「だって誕生日なんだから、そういう雰囲気にはなるでしょ？」

京子からワンピースを奪ってもとの場所へと戻した。

そして、隣にあった白いニットへと手を伸ばして、

「お会計してくる！」

私は逃げるようにレジへ走った。

　レジの近くに並んでいる冬物のスカートやズボン。

　そこで目に入ったのは、エンジ色の膝より短めのスカート。

　……大人っぽくてすごく可愛い。

「そちらのニットに良く似合うと思いますよ」

　店員さんに声をかけられて、心臓がドキッと跳ねた。

「え！　あ、そ、そうなんですね！」

「よかったら、ご試着してみてください！」

　笑顔で話す店員さんに私は負けて……エンジ色のスカートと、ニットの服を持って試着室へと入った。

　スカートは、制服のスカートより丈が短い。でも試着してみたら白のニットもスカートも色合いが良くて、２つもレジに持っていった。

　買い物を終えて、お茶をしていたら、

「で、髪型はどうするの？」

「あっ」

　またまた忘れていたこと。

　どうしよう、と考えていたら京子は

「やっぱりね。はい、これ」

　私に紙袋を手渡した。

　それを受け取ると、少し重みがあって。

　気になって中をのぞいて見たら……。

　"ヘアアイロン"と書かれた箱が見えた。

「１日早いけど、お誕生日おめでとう花莉。今日練習するといいわ」

にこりと優しく微笑む。

「……ありがとうっ！」

ぎゅっと京子に抱き着いた。

本当に、本当に。

私と親友でいてくれてありがとう……。

　部屋に帰っても詩優はいなくて、ご飯の準備をしていた私。

　そんな時、ピンポーンと響いたインターホンの音。

　モニターを確認すると、そこに映っていた人物に思わず息を呑んだ。

「妃芽乃様、お迎えにあがりました」

　その人は気持ち悪いくらい笑っていて、鳥肌が立つ。

　な、んで……ここに宮園さんが…？

　体が震えて、声が出せない。

『出てこないんですか？　早くしないと夜瀬詩優の写真を間違って拡散してしまうかも〜』

　モニターの前で詩優の写真をわざとひらひらさせて、私をおびき寄せる宮園さん。

「……っ」

　私は震える体を無理矢理動かして部屋を出て、エレベーターでエントランスへ。

「さぁ、行きましょうか」

　宮園さんはいきなり私へと手を伸ばすと、強い力で腕をつかんだ。

「待って……。約束の日は明後日、のはずじゃ……」

　これじゃ、約束が違う。

　24日まで、私は詩優の彼女のはずなのに……。

「予定変更です。明日まで夜瀬詩優と一緒にいたところで、あなたが離れられなくなるのは目に見えています」

　さらに強い力で私の腕を引っ張ってくるから、手を振り払おうと抵抗。

「……離れるからっ!!　ちゃんと約束するからっ!!　まだ明日は詩優の彼女なのっ」

　涙がこぼれ落ちる。

「夜瀬詩優がどうなってもいいのですか?」

　ドクッと心臓が嫌な音を立てる。

「わかったから……せめて荷物の準備をさせて……」

　震える声でそう言えば、宮園さんはため息をついて、

「……10分です。それ以上は待ちません」

　私の手を引いてエレベーターに乗る。

　それから最上階へと行くと、私に鍵を開けさせた。

　目元をごしごし袖で拭って、自分の部屋へと行くと宮園さんも後ろからついてきて、私のベッドの上へと座った。

　監視、だろうか……。

「ここであなたを抱いてるところを、夜瀬に見せつけるのもいいかもしれませんね」

　宮園さんはにこにこと笑う。

「絶対やめてっ……！」

「冗談ですよ。その場で私が夜瀬に殺されますから」

　ふっ、と鼻で笑って「あと９分ですよ」と言う。

　私はすぐに前を向いて準備。

　……思い出に、これだけは持っていきたい。

　詩優からもらった赤いマグネットピアス。

　スカートのポケットの中へとしまって、引き出しから便せんを取り出した。

　最後のお別れのつもりで手紙を書こうとしたが、涙で視界がゆがんでしまって上手く文字が書けない。

　もう、本当に……会えないんだ。

　本当は書きたいことがたくさんあった。

　でも、胸が苦しくて、これ以上は書けなくて……。

　リビングのテーブルの上に手紙とスマホを置いて、私は宮園さんに手を引かれて外へと出た。

　エレベーターを降りて外へ出ると雪が降っていた。

　しんしんと……。

　私は制服姿で、セーターは着ているけどブレザーははおっていない。

「これを着ていてください」

　宮園さんは私に上着を差し出したが、受け取らなかった。

　そういえば、詩優に初めて会った日も雪が降っていたっけ。

　もう少しで……出会って１年、だったのにな。

「さぁ、どうぞ」

　黒塗り車の扉を開けた宮園さん。

　私は大人しく助手席に座った。

　宮園さんが運転席に座って、シートベルトをするとすぐに車が発進する。

「さよなら……」

　私は最後にそうつぶやいた。

気づいていたのに ～詩優side～

花莉がなにかを隠していることには気づいていた。

なんで、もっと早くあいつと話さなかったんだろう。

世界No.3の暴走族の風月が水鬼の傘下に入った。

風月は、鳳凰の傘下だった暴走族。雷龍と鳳凰の抗争が終わってから、大人しくしていたから、放置していたけど……。

早く潰しておくべきだったと後悔。

今では水鬼連合が喧嘩を売ってきて、応酬する毎日が続いていた。

早くやつらを全滅させねぇと……。

そう思って、今日は奏太と壮、それから幹部と1番隊で水鬼の倉庫に乗り込んだ。

けど、またしてもはずれ。

これまでも5つの倉庫に行ったが、毎回見事に誰もいなかった。

明日までには……24日までには全部終わらせたかったのに……。

苛立ちから舌打ちをすれば、竜二がため息をひとつ。

「詩優、お前はもう帰れ。最近ろくに寝てないだろう」

「別に俺だけじゃねぇだろ」

「それだけじゃない。明日は妃芽の誕生日だ。早く帰れ。

今なら日付が変わるまであと30分はある」

　竜二の言葉に「そうだそうだー」と倫也がにやにやする。
１番隊のやつらまでうなずいてるし……。

「悪いな。あとは頼む」

　俺はバイクにまたがって、雪が降っている中をできるだ
け急いで帰った。

　マンションに着いたのは日付が変わる５分前。

　鍵を開けて部屋の中に入ると、真っ暗。

　もう寝たのかも。

　それでも日付が変わった瞬間、花莉の誕生日を祝ってや
りたくて。俺はゆっくり彼女の部屋の扉を開けた。

　………え。

　急いで自分の部屋へと向かうが、やっぱり花莉はいない。

　焦る気持ちを抑えながら、スマホを取り出して花莉に電
話をかけてみる。

　──ピルルル、ピルルル。

　リビングの方からスマホの着信音が聞こえてきた。

　音の鳴るほうへと行くと、テーブルの上に花莉のスマホ
と封筒が置いてあった。

　心臓が嫌な音を立てて、汗が出てくる。

　そっと封筒を開けてみると２枚の紙が入っていた。

　詩優へ
　あの時、私を助けてくれて本当にありがとう！

Chapter 4 >> 249

詩優には感謝してもしきれないくらい
たくさんお世話になりました！
恩返し、できなくてごめんなさい。
あと、黙ってここからいなくなることを許してください。
本当に大好きだったよ。幸せになってね。

花莉

まるで、別れのような手紙。
……は？
……なんだよこれ。
続いて2枚目を見ると。

雷龍のみんなへ
私に居場所をくれて、たくさん話してくれて、
本当にありがとう！
雷龍で過ごした時間は本当に楽しくて、
夢のような時間でした！
お願いばかりで本当にごめんなさい。
これが最後のお願いです。
詩優のこと、無茶しないように、
食生活がかたよらないように
できるだけ見ていてほしいです。
本当にお世話になりました！

花莉

　手に力が入って、ぐしゃっと手紙を握り潰す。

「くそっ……！！」

　なんで、急に俺の前からいなくなるんだよ……。

　お前がいなきゃだめなのに。

　お前がいない未来なんて考えられねぇのに……。

　"幸せになってね"ってなんだよ。

　他のやつとなんてありえねぇだろ。

　お前がいねぇと、俺は一生幸せになんてなれねぇんだよ。

　俺は外に飛び出すと、雪が降り積もる中、バイクを走らせた。

　花莉の居場所なんてわからねぇのに……。

　スマホの画面はとっくに12月24日に変わっていた。時刻は深夜３時を過ぎたところ。

　いくら探しても花莉を見つけることはできなくて……俺は京子に電話をかけた。

『もしもし？　こんな時間にどうしたの？』

「……花莉がいなくなった。手紙とスマホを残して」

『え!?』

「知ってることとか……なんでもいいから、ねぇか？」

　京子はしばらくの間黙ったあと、ゆっくり話し出した。

『花莉が……最近様子がおかしかったのには気づいてた？』

「……あぁ」

　ふとしたときに、悲しそうな表情をしていたのを見た。

　寝ている時も泣いていたり、無理に元気に見せていたり。

『私、怖くて聞けなかったの。花莉が……ここからいなくなる準備をしてるみたいだったから』

　京子の声は震えていて、少しずつ涙声に変わっていった。

『本当だったら、どうしたのって聞くべきだったのに……』

「……俺だって」

　ただ、デートの約束をした24日までは安心だと思っていた。

　本当は今日、花莉にちゃんと聞こうと思っていた。

　あいつがなにを抱えているのか……。

　なのにどうして……。全部遅すぎたのか？

　後悔ばかりが頭の中を支配する。

「さんきゅーな、京子。じゃあ」

　電話を切ろうとしたところで、『待って!!』と大きな声が聞こえてきた。

『雷龍で探しましょう。ひとりより、みんなで探した方が効率がいいでしょ。だから詩優、倉庫にみんなを集めて』

「……わかった」

　電話を切って、雷龍のメンバーを緊急招集。

　集まってくれたみんなに礼を言う。

　そこですぐに花莉のことを説明して、手分けして捜索（そうさく）をする。

「紫苑にもやはり妃芽はいないみたいだ。話したら、捜索を手伝ってくれると言っていた」

「紅蓮（ぐれん）にもいないって」

　竜二と倫也が教えてくれる。

「花莉が他の暴走族に脅された可能性は？　水鬼とか……
今危ないでしょ？」

　ハッカーの京子はパソコンのキーボードを素早く打ちな
がら聞いてくる。

「康が部屋まで送迎してるから、安全なはず。学校では？
花莉がからまれたりとか……」

「それはないわ。教室でも私や明日葉が常に近くにいたか
ら……。ねぇ、花莉の手紙見せて」

　俺はポケットから花莉の手紙を出して、手を止めた京子
へと手渡した。

「かなりくしゃくしゃね」

「……ポケットの中に突っ込んでたからな」

　京子はしわだらけの手紙を広げて、目を通す。

　それから、

「詩優のこと、大好きなのは確かね」

　と小さく笑った。

　花莉がいつから様子が変だったのか……？

　俺と葉月のこと、話した後はいつも通りだった。

　じゃあその後？

　ジャージを貸した時は、すでに様子がおかしかった……
気がする。

　スマホの待受画面を見つめた。

　俺のジャージを着て、はにかんだように笑う花莉の写真。

　この時、あいつは無理して笑っていたんじゃねぇの
か……？

「そういえば花莉、25日に用事あるとか言ってなかった？」

　急に思い出したように言ったのは明日葉。

　25日に用事？

「聞いてねぇけど……」

「そういえば……お母さんのところに行くって言ってたわね」

　京子はうなずく。

「…………」

　俺は何も聞いていない。

　実家に帰ることを、あえて直前に言うということも考えにくいし……。

　つまり、24日までは俺といるつもりだった……っていうこと、か？

　だが今、ここから姿を消しているってことは、やっぱり誰かに連れ去られた可能性が高い。

「京子。俺のマンションの防犯カメラ、昨日のデータを全部洗い出して」

「了解」

　京子はすぐにパソコンのキーボードを素早く打って、管理会社のサーバーにアクセスする。

　それから、少しして。

「おかしいわ。カメラのデータ、昨日の分だけ全部消されてる。復元できるかやってみるわ」

「頼んだ」

　どう考えてもおかしい。

　なんで昨日の分だけ消す必要がある？　やっぱり犯人が
映ってるから……だろう。

「詩優……これ!!」

　パソコンの画面を京子に見せられた。

　そこに映っていたのは……。

　葉月の義兄である、宮園慶一。

　宮園が花莉の手を引いて連れていくところ。

　しかも、花莉は泣いていて……。

　怒りがこみ上げてくる。

「葉月の義兄、宮園慶一。こいつのパソコンとスマホをハッ
キングできるか？」

「了解」

　しばらくキーボードを打つ音だけが聞こえてくる。

　俺は怒りを抑えて、深く深呼吸。

「見て……この画像」

　次に見せられたのはたくさんの写真。

　雷龍として俺が特攻服を着ている写真に、バイクに乗っ
ている写真。喧嘩をしている写真まで。

　親父が宮園に俺のことを探らせて、撮った写真だろう。

　写真は何十枚どころか、何百枚もあって……。親父に見
せるには十分すぎる量。

　宮園はなにを言って花莉を無理やり連れて行ったのか。

　頭をフル回転。

　まさか……、この写真をばらまく、とでも言って花莉を
脅した？

「宮園慶一の位置情報、今送ったから」

　京子はそう言ってくれて、

「さんきゅ」

　バイクの鍵をぎゅっと握りしめて、外へと飛び出した。

　絶対花莉を連れて帰る、と誓って。

12月24日

　車の中でたくさん泣いて。

　数時間たったところで連れてこられたのは、どこかの寂れたホテル。

　宮園さんはフロントで受付を済ませると、私の手を引いて歩く。

　もう、逃げたりなんてしないのに……。

　鍵を開けて、部屋の中へと入るとベッドの上に投げ飛ばされた。

「……っ！」

「今日は妃芽乃様のお誕生日でしたね。17歳、おめでとうございます」

　宮園さんがにこりと笑った。

　それだけなのに、怖くて体が震えてしまう。

「これは、ささやかなプレゼントです」

　彼が自分のカバンの中を漁って、取り出したものに思わず目を疑った。

　それを持って、私に近づいてくる。

　起き上がって逃げようとしたが、手首を押さえつけられて素早く首輪を巻きつけられる。

「大人しくしなさい。あなたは今日から私のモノなんですから」

　首輪には長い鎖がついている。

　ジャラッと強く引っ張られて、首が絞まった。

「……っ」

　抵抗しなくなった私を見て、宮園さんはまたにこりと笑う。

「近々、妃芽乃様のお母様にご挨拶に行きましょう」

　鎖が離されると、息が吸えるようになった。

　必死に酸素を求める私を見て、宮園さんは笑ったまま。

「逃げようだなんて考えないほうがいいですよ。あなたの大好きな夜瀬詩優が大変な目に遭いますからね」

　最後にそう言って、部屋から出ていった宮園さん。

　ひとりになった部屋で、涙があふれる。

　本当は、今日……詩優とデートのはずだった。

　今日１日、詩優のことしか考えたくなかった。

　詩優と離れたくなんてなかったよ……。

　たくさん泣いて、どれくらい時間がたっただろうか。

　ガチャッと部屋の扉が開いて、

「立ちなさい。増田が到着したようなので行きますよ」

　と宮園さんが強引に首輪の鎖を引っ張った。

「くっ……」

　痛くて、苦しくて……なんとか私は立ち上がる。

　それからホテルを出て、車の中へ。

　外は雪が積もっていて、かなり寒い。

　これからまだまだ寒くなるのか、曇り空から雪が降り続ける。

……どこに行くんだろう。

ただ、雪が降る窓の外を見ていた。

数時間して、たどり着いたところは……見慣れた場所に少し似ていた。

でも、まったく違う場所。

それから嫌な予感がして。

中に入った瞬間、体が凍りついたかのように動かなくなった。

だって倉庫は倉庫でも、中にいるのは雷龍のメンバーじゃなく、まったく知らない不良たちだったから。

たくさんの人たちが、宮園さんを見た瞬間すぐに頭を下げた。

ここがどこかの暴走族の倉庫、だということはすぐに理解できた。

なんで宮園さんが……？

そうは思っても考える余裕なんてなくて。

「増田」

低い声で宮園さんがそう言うと、真ん中にいた人物が顔を上げた。

金髪で、つり目が特徴の男。

「早く終わらせましょう」

宮園さんは私の首につながれた鎖を、増田と呼ばれた金髪男に差し出す。

金髪男はそれを握って、

「そうっすね」

　にやりと笑みを浮かべた。

「来い」

　鎖を引っ張られる。

　それでも私の体は動かなくて、さらに強い力で鎖を引っ張られた。

　とたんに首が絞まって苦しくなって……嫌でも体が動く。

　鎖を引っ張られたまま階段を上って２階へ。

　部屋へと連れられた瞬間、すぐに逃げ出したくなった。

　大きなベッドが真ん中に置いてあって……中に数人の男たちがいるんだから。

　私はすぐにベッドの上に投げ飛ばされた。

　パシャッ、というシャッター音。

「この写真を雷龍に送りつけます」

　メガネをかけた男が、パソコンを開いてキーボードを打つ。

　今、"雷龍"って言った!?

　驚く私を見て、宮園さんは、

「あなたを使って雷龍を解散させるだけですよ」

　にこりと笑う。

　その笑顔はあまりにも冷たく、体が動かなくなる。

「ついでに夜瀬の写真も拡散させてください」

　宮園さんの言葉に「了解です」と返事をするメガネ男。

「約束が違うっ……!!　詩優と雷龍にはなにもしないって

言ったのに……!!」

　必死に声を出した。

　けど、

「約束？　なんのことですか？」

　宮園さんは知らないフリ。

「詩優の写真を拡散しない、って約束したから私は……!!」

「妃芽乃様はバカですね。水鬼の倉庫まで来て、まだ約束がどうのこうのと言えるだなんて」

　耳を疑うようなことばかりが聞こえてくる。

　ここが水鬼の倉庫だなんて……!!

「宮園さんが……、水鬼の総長を？」

　おそるおそる聞くと、鼻で笑われる。

「私は、総長ではありませんよ。ま、水鬼がここまで大きくなれたのは私がバックについたからですが……水鬼の総長は増田です。私は夜瀬への恨みがあるみなさんに計画をお話し、復讐を手伝ってもらっているだけです。水鬼と、その傘下の風月の皆さんは優秀ですし、もちろん報酬もたっぷりと渡していますよ」

　宮園さんはそう言いながら私に近づいて、両手首を押さえつけた。

　それからすぐに金髪男が覆い被さってきて……制服の下に手を滑らせる。

「やだっ……っ！　やめて…っ」

　体をよじろうとしても、足をばたつかせようとしても、男の人の力で押さえつけられてしまえばかなわない。

「大人しくしなさい」

　首輪の鎖を強い力で引っ張られて、呼吸ができなくなった。

「……っ」

　数秒後、鎖を離してもらえて呼吸ができるようになる。

　が、酸素を必死に吸う暇さえ与えてくれず。

　金髪男は私の着ていたセーターのボタンと制服のリボンをはずして、思いっきりブラウスを開く。

　ブチブチブチっとボタンが飛び散って、キャミソールをめくられる。

「夜瀬の女抱けるってだけでも興奮すんのに、女子高生なんてやべーだろ」

　そんな声が耳に届くが、私は息をするだけでいっぱいいっぱい。

　シャッター音、それから男たちの笑い声。

　冷たい手が私の素肌に触れて、ただ涙を流すことしかできない。

「女子高生のくせにエロい下着だな。あんた、夜瀬とヤリまくってたんじゃねぇの?」

　金髪男が私の体に触れながら下品に笑う。

　寒くて、怖くて、体が震える。

　金髪男が私の上から退いたと思ったら、今度は私の脚をなでるように触れて。

　その手が気持ち悪すぎてゾワッと鳥肌がたった。

「脚開け」

　力を込めて閉じた脚。

　私の両脚をつかんで、無理矢理こじ開けようとしてくる。

「言うこと聞けやゴルァ!!」

　大きな声で私を怒鳴（ど な）りつける。

　その声が怖くて、ゆっくり脚を開くとすぐにスカートをめくられた。

　……怖い。

　……こんな男としたくない。……助けて。

　──詩優。

　ぎゅっと目を閉じた。

　それでも、思い出すのは詩優のことばかり。

　1年前の雪の日に私を助けてくれて……告白されて。

　雷龍の姫になって、一緒に暮らして、恋を知った。

　私にいろんな感情を教えてくれたのは詩優で、大好きな人と付き合えて、本当に幸せだった。

　次々に涙があふれる。

　こんなに好きになる人、きっともういない。詩優以外の人を好きになることも、詩優以外の人に触れられたいと思うこともない。

　別れたくなんてなかったの。

　離れたくなかったよ……。

　全部詩優を助けるためだったのに、今は意味の無いものになった。

　ただ、詩優や雷龍を困らせるための材料になっただけ。

　ごめんなさい……、みんな。

心の中で謝った。

何度も何度も。

金髪男は私の体を舐めるように触れたあと、カチャカチャと自分のズボンのベルトに手をかける。

……大丈夫。

……怖くない。

大丈夫。

怖くない。

体は震えてしまうけど、自分にそう言い聞かせた。

——コンコン。

部屋に響いたのは、扉をノックする音。

金髪男が、ここにいる男たち全員が、手を止める。

「そ、総長っ！　ら、雷龍の夜瀬が総長に伝言を、と……」

扉の外から聞こえるのは男の声。気のせいか……少し、声が震えている気がする。

「……なんだ」

金髪男は舌打ちして、めんどくさそうな表情に変わった。

「ここで言えないこと、ですので……できれば直接……」

……ここで言えないこと？

金髪男は私から手を離し、もう一度舌打ちをしてベッドから下りて入口に向かった。

「まったく。な——」

それは、本当に突然だった。

扉を開けたはずの金髪男が、いきなり倒れるんだから。

おそらく、扉の外で声を出していたと思われる男性と——

緒に。

　床へと倒れた男ふたりは動かない。

　この部屋の中にいる人たちは、私と同じで……なにが起きたのかを理解できないでいた。

　それから、誰かがゆっくり部屋の中へと入ってくる。

　その人物は……。

　黒髪で、赤いピアスがきらりと光る、私のよく知る人物……。

「し、ゆ……っ」

　思わず彼の名前を呼んだ。

　震える声で。

　涙があふれて、視界がゆがむ。

　それでも彼の姿をよく見たくて、夢なんかじゃないと思いたくて……必死に涙を止めようとした。

　それでも止まらなくて、視界はにじんだまま。

　ただ、足音だけが耳に聞こえてくる。

　それから、

「わ、わかりました……!!　この女は返します……っ!!だから……命だけはっ」

　宮園さんの震える声。

　拘束されていた手首も離された。

　──バキッ!!

　鈍い音が部屋の中に響いて、ドサリと誰かが倒れる。

　体温のぬくもりが私に触れて、起き上がらせてくれて。

そして、包み込むようにぎゅっと抱き締められた。

「……バカ花莉」

　つぶやく声が耳に届く。

　抱き締める手に力を入れられて……涙が止まらない。

　夢じゃない。

　本当に、本物の詩優なんだ……。

「ごめ……なさ……」

　ちゃんと謝りたいのに、まだ体が震えて。嗚咽(おえつ)のせいで余計に声が震えてしまう。

「いいから……なにも言わなくていいから。帰るぞ、花莉」

　大好きな人のいつもより低い声。

　だけど……どこか優しくて、安心するトーン。

　私はこくんとうなずいた。

　詩優は私の体を離すと、ぱさりと黒い上着を肩にかけてくれる。

　袖を通していない状態で、ファスナーを上までしめられた。

「……ちょっと待ってろ」

　私の涙を指で拭ってくれたあと、詩優は立ち上がって周りの男たちをにらんだ。

　残った数人の男たちは動けなくなっていたみたいで、ただ息を呑む音だけが聞こえた。

「今すぐ水鬼を解散させろ。それから……」

　詩優はメガネをかけた男にゆっくり近づいて、持っていたスマホを奪う。それからなにかを操作して、数秒後には足で思いっきり踏み潰した。

「次、花莉に手ぇ出したら……てめぇら全員どうなるか、覚えておけ」

　低い声で言って、周りの男たちをもう一度にらみつけてから私のそばまで戻ってくる。

　私に手を伸ばしたかと思ったら首元に触れて。

　首輪を外してもらえた。

「……赤くなってる」

　悲しそうな表情で、詩優はそうつぶやいた。

　それからぐいっと私を抱きかかえて、部屋を出る。

　そのまま階段を下りていくと、たくさんの男たちが床に倒れていた。それから、雷龍のメンバーたちが視界に入った。

　竜二さんに、倫也、哲哉さん、貴詞さん……。

「妃芽!!」

「ひめちゃん!!」

「「姫さん!!」」

　みんなは駆け寄ってきてくれて。

　また会えて、うれしくて涙があふれる。

「妃芽、怪我はないか!?」

「だ、大丈、夫です……」

　嗚咽交じりに答えれば、みんな安心した表情に。

「あとはまかせる」

　詩優がみんなにそう言うと、みんなは返事をして。

　私たちは倉庫の外へと出た。

　外はやっぱり寒くて、凍えてしまいそうだった。

　雪がぽつぽつと降っている。

「バイクなんだけど、乗れるか？」

　詩優の問いかけにこくんとうなずくと、バイクに乗せて
もらえた。

「袖から腕出して」

　言われたとおりぶかぶかの上着から腕を出した私。

　それを確認したあと、私にヘルメットを被せて詩優もバ
イクにまたがり、エンジンをかけた。

　詩優にぎゅっと抱き着くとすぐにバイクは発進。

　いつもよりゆっくりな安全運転。

　外はもう真っ暗で、キラキラと光るイルミネーションが
見えた。

　12月24日、何度目かわからないけど……私はまた詩優
に救われたんだ。

Chapter 5

そばにいたい

　遠くで声がする。

「花莉」

　大好きな人が私の名前を呼ぶ声。

　その声はだんだん大きくなってきて……。

　私の脳内に響く。

　それから、ぱちっと目を開けた。

　……私、寝てた？

「髪の毛、乾かしてから寝ろ」

　目の前には大好きな詩優がいて。

　温かい手が私の頬に触れて、むにっと引っ張る。

　その手が心地よくて、手を重ねて、

「……好き」

　声を出した。

「……ん。知ってるから。早く髪乾かそうな」

　優しい声が耳に届いたあと、もう片方の頬もむにっと優しく引っ張られた。

　そういえば……帰って来てお風呂に入ったんだっけ。

　ぼーっとする脳を少し回転させる。

「……乾かして」

「ちゃんと起きてろよ？」

「……起きてる」

　返事をすれば頬から温かい手が離れた。

　それから肩にかけてあったタオルを取られて、髪の毛に優しくて触れられると温風を感じた。

　髪に触れる手があまりにも優しいから、なんだかくすぐったい。

　少しして、カチッとドライヤーのスイッチが切れる音。

「髪伸びたよな」

　丁寧に髪をとかしてから、髪をすくって耳にかけてくれる。

「……長いのと短いの、どっちが好き？」

　そう聞いたのは、詩優の好みを知りたかったから。

　もし短いのが好きって言ったら切るし、長いのが好きって言ったら伸ばすつもり。

「んー。特に考えたことはねぇけど」

「……どちらかというと？」

　眠い目をこすりながら、後ろを向いた。

　そこで気づいたことがひとつ。詩優の髪が濡れたまま、だということ。

　先に私の髪を乾かしてくれたんだろうけど、詩優が風邪ひいちゃう……。

「乾かしてあげる」

　詩優からドライヤーを奪って、後ろに回ってスイッチを押す。

　詩優の髪は短いから、乾くのもあっという間。

「さんきゅ」

　にっ、と笑った詩優。

　その笑顔が好きで、大好きで、ぎゅっと抱き着いた。
「よしよし」
　優しい手でゆっくり頭をなでてくれるから、なんだか視界がゆがんで涙があふれてしまう。
「お前が抱えてるものに気づいてやれなくて、ごめん」
「……私こそ、迷惑かけてばかりでごめんなさい」
「もともとは俺が巻き込んだようなもん。お前が謝ることじゃねえよ」
「……私が、宮園さんに騙されたから……雷龍にも迷惑かけた」
　はっ、と思い出した。
「詩優の写真、たくさんあったの。どうしよう」
「大丈夫だから」
　詩優は私の心の中を読み取ったかのように、強く抱き締めてくれる。
「水鬼は俺らが解散させたし、雷龍には優秀なハッカーがいるから俺の写真が拡散されることはねえよ」
　そうだ。京子はプロ級のハッキング技術を持っている。
　だから……本当に大丈夫、なのかな。
「……本当にごめんなさい」
「いいから。もう二度と離れないって俺に誓って」
　さらに強い力で抱き締められる。
「うんっ……約束する」
　絶対。絶対に。
　もう二度と離れない、って約束する。

「誕生日、ちゃんと祝えなくてごめんな」

「……ううん」

「1日過ぎちまったけど、誕生日おめでとう」

「ありがとう」

　好きな人に誕生日を祝ってもらえる、それがすごくうれしい。

　こんなにも温かい気持ちになれるんだ。

「突然だけど、今日デートしよ」

　詩優のまさかの言葉。

「うん……‼」

　うれしくてすぐに返事をすれば、詩優は笑って。

「遊園地行こ」

　その言葉に大きくうなずいた。

「一緒に寝たい」

　ついさっき「おやすみ」と言ってから自分の部屋に行ったけど、私は枕とスマホを持って詩優の部屋を訪れた。

「おいで」

　詩優は嫌な顔ひとつせずにベッドを半分空けてくれて、私は布団に入れてもらう。

　ひとりでいると怖かった。

　また宮園さんが私を迎えに来るんじゃないか、そう思ったら怖くて仕方なかったんだ。

　詩優の方に近寄ってぎゅっと抱き着く。

「キス、したい」

　小さな声でつぶやけば、

「じゃあ花莉、顔上げて。キスできねぇから」

　優しい声で言われて、顔を上げた。

　唇に触れるのは、温かくてやわらかい感触。

　頬に添えられた手は私の輪郭(りんかく)をなぞるように触れてきて。

「……んっ」

　離れたと思ったらまた唇を重ねてくる。

　角度を変えて、何回もキス。

　ぎゅうっと強く目を閉じていると、額(ひたい)に優しいキスを落とされる。

「力抜いて。俺に全部預けて」

　頬に、目元に、優しいキス。

　それがなんだか気持ち良くて、ゆっくり力を抜いた。

「花莉」

　詩優が私の名前を呼んでくれる。

　それがすごくうれしくて、もっと呼んでほしい。

　私がここにいるっていう実感がほしいの。

「花莉、好きだよ」

「私も……」

「ずっと抱き締めてるから。安心して寝ろ」

　そう言った詩優は強く抱き締めてくれて。

　なんだか安心して、徐々に眠気がやって来る。

「おやすみ、花莉」

「おやすみ」

　私はゆっくり目をつむって、意識を手放した。

　目が覚めると、詩優が私を抱き締めていてくれて。

　良かった、と安心。

　もぞもぞ動いていたら、

「……起きた？」

　詩優がゆっくり私を離してくれた。

　私より早く起きてるなんて珍しい。

　まさか……。

「寝てない、の？」

　ちらりと詩優を見上げた。けど、眠そうには見えなくて。

むしろ元気そうだった。

「いっぱい寝た」

　にっ、と笑ってから私の額にキスをひとつ。

　それなら、安心。

　珍しいこともあるもんだ。

「花莉、5秒以内に答えて。今日は学校。行くか行かないか。

答えらんなかったら強制的にサボりで」

　詩優は突然そう言うと、カウントダウンを始める。

「ごーお」

「行く!!　行きたいっ!!」

　すぐに言うと、笑われて。

「即答か。んじゃ、早く準備して行かねぇと。下校の時間

になんぞ」

　下校？

　不思議に思って自分のスマホで時間を確認すると……。

　10時半を過ぎたところだった。

　今日12月25日は、冬休み前の最後の学校。

　終業式があるから終わるのも早い。

　急いで起き上がろうとすると、詩優に腕を引っ張られて布団へと戻される。

「わっ」

　それからすぐに唇にキスが落とされて。

　詩優は満足そうな顔をして、ベッドからゆっくり下りた。

　ベッドに残された私は動けなくなって、ただ詩優を目で追う。

　ドキドキドキドキ、うるさい胸の鼓動を押さえていたら、トレーナーを脱ぎ出す詩優。

　私の前で……。

「……っ！」

　キレイな裸体が目の前に。

　黒いインナーを着て、ワイシャツを着て……それからネクタイを締める姿がかっこいい。

「制服、着替えらんないなら脱がしてやろうか？」

　詩優と目が合って、心臓がドキン！と大きく跳ねる。

「じ、自分で着替えられるもん……！」

　我に返って急いで飛び起きると、自分の部屋まで全力ダッシュした。

　学校に到着した頃には終業式が終わっていて、後はホー

ムルームのみだった。

　京子と明日葉の席をちらりと見ると、ふたりともいなくて。

　水鬼のことでまだやることがあるのかな……。

　雷龍のみんなには助けられてばかりだから、今度お礼を言わなくちゃ。

「期末テストで赤点の生徒は、明日からの補習にしっかり来るように。もし、サボったりなんてしたら……進級できないと思え」

　担任の先生がそう言ってからテストの返却が始まる。

　……あぁ、もう絶対赤点だ。

　私には未来がないからいいや、とか思って勉強しなかったから。

　名前を呼ばれてテストを受け取りに行くと、

「妃芽乃、このあと職員室な」

　と告げられてしまった。

　なにを言われるんだろうか。

　遅刻したこと？　それとも学校を休みすぎたこと？　それともテストのこと？

　思い当たる節がたくさんありすぎる。

「……はい」

　素直に返事をして自分の席へと戻る。

　そして、返却されたテストの答案用紙を見ると、見事に丸がひとつもない。

　上の方に、“0点”と記入されていた。

　全部の教科の答案用紙が赤点で、なんとなく予想していたけど、終わった……と心の中で思った。

　私の冬休み、さよなら……。

「最近、なにか困ってることはないか？」

　放課後、職員室で担任の先生に一番最初に聞かれたこと。

「いえ……なにも」

「親御さんとは進路について話しているのか？」

　先生は机の中から紙を取り出して、私の前へと置いた。

　それを見たとたん、「あっ」と思わず声が出た。

　だって、そのプリントは以前提出した進路希望調査票で、進路の第1希望から第3希望まで、

【詩優のお嫁さん♡】

　と書かれているから。

　変な汗が出てくる。

「…………」

　先生が私の目をまっすぐに見てくるから、視線を逸らす。

「妃芽乃、1組の生徒と関わるようになってから欠席、遅刻が多くなってないか？　成績だって、前まではこんなに悪くなかっただろう。もし、なにかされているのであれば先生たちはお前の力になるから。正直に話してくれないか」

　先生は新しい進路希望調査票を私の前に置いた。

　なんで……そういうことを言うのだろうか。

　詩優たちと知り合う前だって、お父さんに暴力を振るわれていたから欠席と遅刻は多かった。

　それに、勉強だってあの時から得意だったわけじゃない。

　もともといい子じゃなかったのに……。

「進路希望はちゃんと考えて書いて提出します」

　私は目の前に置かれたプリントを取って、席を立つ。

「妃芽乃」

「先生。欠席も、成績が落ちたのも私の問題です。１組の人たちのせいじゃありません。これからはしっかり勉強して、赤点を取らないように気をつけますので、私の恩人を悪く言わないでください」

　失礼します、と最後に言って逃げるように職員室を出た。

　そのまま廊下を走っていると、下駄箱にたくさんの女の子たちがたむろしているのが見えた。

　思わず足を止める私。

　この中心にいる人物が、だいたい予想できるから。

「花莉」

　私を呼ぶ声が聞こえてきた。

　振り向くと、こっちに向かって手を振る詩優の姿が。

　たくさんの女の子に囲まれながら、その中心に……確かにいた。

「お前のカバン持ってきたから行こ」

　にっ、と笑う詩優。

　その笑顔がまぶしくて、心臓がドキン！と大きく跳ねた。

　けど、たくさんの女の子たちの視線を感じたから、すぐに変な緊張感へと変わってしまう。

　それから、よく見なくてもわかるけど……女の子たちが

詩優に触れている。

腕に、背中に。ベタベタと。

とたんにもやもやした気持ちになって、心が穏やかではなくなるんだ。

急いで靴を履き替えて、女の子たちをかき分ける。

視線が痛いし苦しいけど、なんとか中心にいる詩優までたどり着いて。

ぎゅっと詩優の手を握ってこの場から脱出。

手を引いて走ると、詩優はすぐに私を追い越してぐいっと手を引く。

「こっち」

誘導されたのは裏門。

少し走ってから後ろを確認すると、誰もついて来ていなかった。

良かった。

ほっ、と息をつく。

「たまには、倉庫まで歩きで行こ。疲れたら俺に言って。おんぶしてやるから」

そんな声が聞こえてきて、隣にいる詩優をぱっと見るとにやりと笑っていた。

絶対面白がってる。

「そ、そんなに子どもじゃないもん。詩優のバカ」

前に学校から倉庫まで、倫也と明日葉と歩いたこともあるんだからね。

「そういうことにしておく」

　ふっ、と笑ってから手を握る力が強くなる。

　……そんなに子どもだと思われているのだろうか。

　もっと大人の女性になれるように……朱里さんみたくなれるように頑張らないと。

　なんて思っていたら、

「近々引越しするから、荷物まとめとけよ？」

　いきなり話題が変わる。

「引越し？」

「もちろん奏太も壮も、康も一緒に」

「うん？」

「宮園に住所バレてるし、万が一、なんかあったら危ねぇだろ。だから親父と交換条件で引越しの許可もらった」

　つないでいない方の手でピースサインをする詩優。

　引越しするのは、安全のため……。詩優の優しさはすごくうれしい。だけど、少し寂しいなんて思ってしまう。

　たくさんの思い出が詰まった部屋だから。

　詩優に初めて助けられた日、ここへ連れて来てもらって。

　それからたくさんのことがあった。

　みんなでたこ焼きパーティーや闇鍋、それから勉強会もしたっけ。

　好きな人から告白されたのも、初めて好きな人と結ばれたのもこの部屋なんだ。

「それで……交換条件って？」

　ちらりと詩優を見る。

　詩優なら、自分が嫌なことでも引き受けてしまいそう

で……なんだか聞くのが怖かった。

　もっと自分のことを考えてほしいのに。

「花莉、進路って考えてる？」

「へ？」

　またまた急に話が変わるから、思わず間抜けな声が漏れた。

　っていうかなんで急に進路……？

　正直、進路なんてよく考えたことがない。

　やりたいこともないし、得意なこともない。

　これといって人に誇れるようなところもないし……。

　でもね。

　これから先、ずっと一緒にいたい人だったらいるの。

　私は、詩優のそばにいたい。

　"詩優のお嫁さん♡"

　京子が書いたことだけど、間違いではない……。

　その言葉を口にしていないのに、体温が上昇してきて。

　恥ずかしくて詩優の顔が見られない。

　下を向こうとすると、それを制するかのようにくいっとあごを持ち上げられて。

　詩優から逃げられない。

「教えて」

　逃がしてもらえないこともわかってる。

　だから。

　私はひと呼吸してから

「詩優のそばにいたい。それが私の夢」

　まっすぐに、詩優を見つめ返した。

　すると、詩優は満足そうに笑って。

「俺さ、ひとり暮らしすんのに親父と取引してて。その取引っていうのが……ひとり暮らしする代わりに、高校卒業したら大人しく社長補佐やって、一人前になったら跡を継ぐこと」

　それはつまり、HEARTS HOTELの……次期社長だということ。

「引越しの交換条件に、冬休みにホテルで仕事をすることになった。あ、赤点補習の日は見逃してもらえたから。そこは安心だな」

　詩優は、にっと笑う。

　その笑顔は無理して笑っているようにも見えなくて……。

「私も、私も働く……！」

　ぎゅっと詩優の袖をつかんだ。

「危ねぇからだめ」

「やだっ！　仕事探すもん！」

「そんなことしなくていいから……、俺の頼み１個聞いて？」

　頼み？

「なに……？」

「親父に、花莉を正式に紹介したい」

　詩優のお父さん…っ！

　思い出すのは以前のパーティーでのこと。

　見事にスルーされたっけ……。

　つないだ手はからみ合うようにつながれて、ぎゅっと力を込められる。

「今度は親父にちゃんと話聞いてもらうから」

　いい？　と顔をのぞき込んでくる詩優。

　……お父さんに私は歓迎されないと思うけど、この先も詩優といたいから。

　認めてもらえるように頑張らないと。

　こくん、とうなずけばその手を強く引かれて。

　気づいた時には詩優の腕の中にいた。

「さんきゅ」

　ぽんぽんと、頭をなでてくれる手があまりにも優しいから、大人しくされるがままの私。

　今から緊張するけど、詩優のお父さんにしっかり挨拶しなくちゃ。

クリスマスデート

「「「「「おかえりなさい、姫さん！！」」」」」

　倉庫に着くと、雷龍のメンバーが声をそろえる。

　私なんて迷惑をかけてばかりなのに、温かく迎え入れてくれることがうれしくて……視界がゆがんでいく。

「おかえり、花莉」

「花莉ー！　寂しかったよー！」

　京子と明日葉が抱き着いてきて、

「ひめちゃ～ん」

「バカ倫也。鬼総長に怒られる」

　こっちに走ってくる倫也の襟を、竜二さんがつかんで止めていた。

　私、本当にこれから先もここにいていいんだ……。

　そう思ったら涙がこらえきれなくなって、次々とあふれ出す。

「……みんな……、迷惑かけてばかりでごめんなさい。それと……本当にありがとうっ！」

　それから私はたくさん泣いてしまって……。

　みんなとの再会を終えると、京子と明日葉に２階まで連れてこられた。

「花莉、夜は冷えるからね。これに履き替えて」

　京子に渡されたのはビニール袋。

　その中を見ると、裏起毛タイツが入っていた。

　へ？

「風邪ひかないでねー！」

　はい、と明日葉から手渡されたのは、たくさんのカイロ。

「手袋とマフラーもね。あ、でも先に髪の毛巻いちゃいましょうか」

「じゃあ、あたしは詩優の上着奪ってくるねー！」

　京子も明日葉も、なにかの準備？をしているけど、いったい……。

「花莉、ここ座って」

　椅子に座ると、京子は私の髪の毛にくるくる、とホットカーラーを巻きつける。

「京子、これからなにかあるの？」

　目の前の鏡に映っている京子をちらりと見る。

　京子はただにこにこと笑って、私の髪の毛をキレイに巻いた。

　巻き終わると次はお化粧。

　もしかして、京子と明日葉は遊園地デートのことを知ってる？

「デートのこと、詩優に聞いたの？」

　気になって聞いてみる。

「詩優、うれしそうに言ってたのよ」

「そ、そうだったんだ……！」

「今から行ったほうが遊園地でたくさん遊べるから、新しく買った服は詩優との次のデートとか、新年会で着たらいいんじゃないかしら。クリスマスと言ったらカップルの一

大イベントだから、今日は楽しんでね」

「ありがとう！」

　デートだからって、ここまでしてくれるなんて。

　本当にいい親友をもった。

　その後、京子は化粧を進めていき。

　私の唇にコーラルピンクのリップを塗ったら……。

「はい！　完成！」

　目の前にある鏡で自分の顔をよく見た。

　そこに映っていたのは……いつもの私ではなくて。

　詩優に褒めてもらえるかな、と期待してしまう。

　準備をしていると、

「これなら着ていいってー!!」

　明日葉が下から詩優の上着を持ってきた。

　黒い、パーカージャケット。

　内側は温かそうなもこもこ。

　サイズが大きくて、詩優の匂いに包まれて安心する。

「今日くらい短くね」

　そう言いながら京子は私のスカートを折っていく。

　少しずつ短くなっていって、膝上丈になった。

　いつもは膝下だけど、周りの女の子たちはこのくらいの
長さだったっけ。

「これもこうしてー！」

　明日葉は私の制服のリボンをゆるめて、シャツのボタン
も上から２つはずす。

　それから、ぐるぐるとマフラーを首に巻いてくれて、手

袋も貸してくれた。

　カイロをポケットにふたつ入れたら、

「「行ってらっしゃい」」

　京子と明日葉が私の背中を優しく押す。

　私は幸せ者だ。

「ありがとう！　京子、明日葉！　行ってきます……っ！」

　笑顔でお礼を言ってから階段を下りる。

　詩優、どう思うかな。

　ドキドキしながらゆっくり階段を下りた先で……。

　目が合った。

　大好きな人と。

　瞬間、ドキン！　と大きく心臓が跳ねた。

　見つめあったまま、お互いなにも言わない。

　……あ、もしかして、この格好似合ってなかったってこと、なのかな……。

　それだったら早く元通りにしなくては。

　くるり、と詩優に背中を向けてまた２階に上がろうとした時──ぐいっと腕をつかまれた。

　振り返ると、気のせいか、少し顔を赤くした詩優の姿。

「……詩、優？」

「……すっげぇ可愛い、から。他のとこ行くな」

　詩優に触れられたところが熱い。

　こくん、とうなずけば彼は私の手をとって。

　私の指と指の間に詩優の指をからめて、恋人つなぎ。

「行こ」

　そのまま手を引かれて倉庫を出た。

「ねぇ、詩優！　次はあれ乗りたい！」
　大きなコーヒーカップがある方を指さして、詩優の手を
ぐいっと引っ張る。
「わかったから。走って転ぶなよ？」
「うん！」
　電車で連れて来てもらった遊園地。
　最後に行ったのは確か、小学生の時にお母さんと来た時
だった気がする。
　だからすごくうれしいんだ。
　クリスマスで少し混んでるけど。並んでいる時間も詩優
と一緒だから楽しい。
「この次はジェットコースター乗りたい！」
「花莉って絶叫系苦手かと思った」
「え！　ぜんぜんいけるよ！」
「苦手なのはお化けだけ？」
「……に、苦手じゃないよっ」
　それはうそ。本当は強がっただけ。
　だって、詩優が笑うんだもん。
「じゃあジェットコースターの次はおばけ屋敷行こ。さっ
きあったから」
　さらに意地悪な顔で言う詩優。
「や、やっぱり苦手かもしれないなぁ……なんて」
　本当に連れていかれる気がしたから慌てて訂正。

　そんな私を見てふっ、と笑ってくる。

「知ってるくせに……」

　私はそうつぶやいて頬をふくらませた。

　そうすると、頬を指でつんつんされて、

「可愛い」

　と言ってくるから、恥ずかしくなって下を向いた。

　ようやく順番が回ってきてコーヒーカップに乗り込む。

「えと……詩優？」

　だいたいの人が向かい合うようにして座っている。

　なのに、なんで……詩優は私の隣なのだろうか。しかも、完全に密着状態で。

　ちらりと詩優を見た。

「ん？」

　詩優はなにも気にしていないみたい。

「ハンドル思いっきり回していい？」

「うん！」

　その時音楽が鳴り出して。

『3、2、1、スタート！』

　の合図で一斉にハンドルを回す人たち。

　油断していると……。

「わっ……！」

　私たちが乗っているコーヒーカップも回り出す。

　それもすごい速さで。

　体のバランスを崩してしまい、詩優に抱き着いた。

　ぐるぐるぐるぐると回って回って。

　体勢を整える暇がない。

　冷たい風が頬に当たるけど、すごく楽しい。

　それからあっという間にコーヒーカップは止まって。

　私が詩優から離れたのは、アトラクションが終わってから。

「詩優って筋肉すごいよね」

　次に乗るジェットコースターに向かいながら、ふと、そんなことを言ってみる。

「急にどうした？」

「あんなに早く回せるのすごいなぁって思って」

「花莉は腕細すぎだもんな。もっと鍛えねぇと折れそう」

「詩優はどうやって鍛えたの？」

　んー、と詩優は考えてから。

「海斗と喧嘩したり？」

　返ってきた言葉はなぜか疑問形。

「そんなに喧嘩してたの？」

「中学の頃は海斗と喧嘩するか、海斗と一緒に喧嘩に行くかの毎日だった気がする」

「じゃあ私も……」

「だめ。危ねぇだろ」

"じゃあ私も喧嘩する"

　冗談のつもりで言おうとしたら、すぐに阻止された。

「詩優って過保護だよね」

「そんだけお前のことが好きで、大切なんだよ」

「……っ！」

　そういうことを平気で言ってくる。

　恥ずかしくて、またまた詩優を見ていられなくなるんだ。

　私だって、詩優のことドキドキさせたいのに……。

　仕返しができない。

　そう思っていた時、ふと近くから甘くておいしそうな匂いが漂ってきた。

　匂いの正体を探してみると、小さな屋台を見つけた。その屋台には大きなポップコーンのマシーンがあって。

　おいしそう。お腹が鳴ってしまいそうだ。

「小動物さんってほんとわかりやすいよな」

　ぽんぽん、と私の頭をなでてぐいっと手を引かれる。

　屋台へと向かって。

「レギュラーサイズのポップコーンひとつください」

　詩優は販売員の男性にそう言った。

「400円です」

　詩優は自分のお財布を出そうとするから慌ててとめる。

「だ、だめっ！　私が払うの！」

　遊園地のチケットだって、電車賃だって……詩優は私に１円も払わせてくれていないんだ。だからせめてポップコーンくらいは自分で払いたいのに。

「俺が払うからだめ」

　くるりと私に背中を向けて、会計を済ませる詩優。

「…………」

　無言で詩優の足を踏んづける。

　詩優は笑いながら、プラスティックの容器に入ったポッ

プコーンを私に渡してくれた。

「あ、あとでお金払う」

「誕生日プレゼントのひとつだと思ってくれればいいから」

「でも……」

「いいから。ジェットコースター並びに行くぞ」

　ぎゅっと手をつないで、手を引かれた。

　ジェットコースターはやっぱり人気で。

　長蛇の列が出来ていた。

　待つ間に買ってもらったポップコーンを「いただきます」
と言ってから口に入れる。

　ポップコーンはキャラメル味で、すごく美味しい。

　2つ、3つ、と口に運んで。私はあることを思いついた。

　詩優をドキドキさせる作戦を……!!

「詩優！」

「ん？」

「はい、あーんして！」

　キャラメルポップコーンを手に取って、詩優の口へと近
づける。

「さんきゅ」

　ぱくっとそれを食べる。

　余裕な顔で。

「…………」

　こんなんじゃドキドキしないってことなのだろうか……。

　なんか、悔しい。

「詩優のバカ」

　そう小さくつぶやいてから、詩優の腕に自分の腕をからめて密着。

　したのはいいが……恥ずかしい。

　一気に体温が上がってドキドキと胸が高鳴る。

　それから私は自分を落ち着けようと、ポップコーンを口へと運ぶ。

　いくつもいくつも。

　絶対、このデートで慌てさせてやる！

　それから私の『詩優をドキドキさせよう大作戦』が始まった。

　ジェットコースターで言ってみる。

「久しぶりで……ちょっと緊張するから、手つないでもいい？」

　本当は緊張なんてしていない。むしろ楽しみすぎるくらいだった。

「いーよ」

　詩優は余裕そうな顔で恋人つなぎをしてくれて。

　ジェットコースターが終わるまで強く握っていてくれた。

　ここでも、ドキドキするのは私ばかり。

　続いて、メリーゴーランドに乗って、その次は空中ブランコ。

　さらにジェットコースターにもう1回乗って、レストランでご飯を食べた。

　レストランを出た頃には、すっかり日が沈んで雪が少し

ずつ降り始める。

　時計を見ると時刻は19時を過ぎたところ。

　もうそろそろ、帰るのかな……。

　寂しい気持ちが込み上げてきた頃、

「最後に観覧車乗るか」

　それを指さして、にっと笑う詩優。

「うん！」

　私たちは大きな観覧車まで向かう。

「ちょっと待ってて！」

　あるものを見つけて、詩優から離れる私。

　向かったのは小さな売店。

　それを2つレジへと持っていき、会計後すぐに詩優の元へと戻ろうとしたら……3人組の女の子のグループに声をかけられていた。

　相手は、見るからに年上の女性。

　詩優がモテるのは今に始まったことじゃない。

　学校にいてもモテるし、なにより人を惹きつけるオーラがある。

「一緒に遊ぼうよぉ」

　ひとりの女性が詩優に迫っていく。

　やめて……詩優に触らないで……。

　なんて思っても、足が動かない。

　あの人たちの方が大人っぽくてキレイだから……、私と詩優では釣り合っていないんじゃないか。それに、私じゃどんなに頑張っても詩優をドキドキさせられない……。

　そう思うと涙がたまる。

「きみ可愛いね〜。俺らと遊ばない？」

　ぽんっ、と肩に手を置かれて振り返ると……。

　背の高い男の人がふたりいた。

「友達と来てるの？」

「それとも彼氏？」

　少しずつ距離を詰めてくる男の人たち。

「あ……」

　声を出そうとした時、私の肩に触れていた男の手が振り払われて。

　ぐいっと後ろに手を引かれる。

　瞬間、ぽすんと後ろにいた人物に抱きとめられた。

「この子、俺の彼女だから」

　怒りを含んだ低い声が耳に届く。

　詩優だ。

「「ご、ごめんなさいいい！」」

　ふたりの男は顔を真っ青にして、走り去っていく。

「バカ花莉。なにナンパされてんだよ」

　少し、本当に少しだけ、怒りを含んだ声。

　だけど、優しく私に触れてきて。

　正面に回って、私の顔をのぞき込んでくる。

「なんかされた!?」

　詩優と目が合えば、目の前の彼は驚いて。

「1発殴っとけばよかった」

　と低い声でつぶやいたのを聞き逃さなかった。

　まばたきをすると、涙がこぼれそうになって慌てて目元を指で拭う。

　違うの。さっきの人たちになにかされたわけじゃない。

　私がひとりで不安になってただけ。

　私の頭を優しくなでてくれる詩優。

　その手が温かくて……安心する。

　なにを不安になっていたんだろう。

　大人の女性になって詩優と釣り合うように、詩優をドキドキさせられるように、少しずつ頑張ればいいんだ。

　その後、観覧車に乗るための列に並ぶ。

　私はさっき買ったものを袋から取り出した。

「詩優！　しゃがんで！」

　不思議そうな顔をしながらも、かがんでくれた詩優の頭に、さっとカチューシャをつけた。

　ダックスフンドのように垂れた耳。

　やっぱり詩優には犬耳がよく似合う。

　私はもうひとつを取り出して、自分の頭につけた。

「えへへ」

　私のは黒い猫耳カチューシャ。

　園内では、アニマルカチューシャをしている人をよく見かける。

　だから……詩優がつけているところが見たいなって思ったの。

　すると、固まる目の前の彼。

「詩優？」

　声をかけると、はっと我に返ったみたいで。

　私の目元を大きな手で隠す。

　そのせいで見えなくなってしまった犬耳の詩優。

　大きな手をどけようとすると、

「似合いすぎてるから、こっち見んな」

　詩優の声が耳に届いた。

　一生懸命手をどけようとして、詩優の指と指のすき間から見えたのは……。

　顔を赤くした彼の顔。

「……っ！」

　ドキン！　と大きく心臓が跳ねる。

　す、少しは可愛いって思ってくれたのかな……。

　ドキドキしてくれたかな……。

「ずるい！　私にも詩優見せて……！」

　いったんかがむと、詩優の手が離れて。

　詩優はくるりと私に背中を向けたが、私は立ち上がって彼の前に回り込んだ。

　顔を赤くしたままの詩優。

「えへへ」

　私の顔は気持ち悪いくらい、にやけていたと思う。

「にゃあ」

　猫の鳴き真似をしてから腕にぎゅっとくっつく。

　今度はぷいっと私から顔を逸らす詩優。

「頭なでてくれないの……？」

　袖を引っ張ると、

「……まじでずりぃ」

　そうつぶやいてから私の頭を優しくなでる。

　それから頬に触れて、顔を近づけてきた。

　キス!?

　ぎゅっと目をつむると、でこぴんをされた。ぜんぜん痛くなかったから、手加減してくれたんだろう。

　目を開けると詩優と目が合って。

　数秒間見つめあった後は、

「あー……可愛すぎる。直視できねぇ」

　目を逸らされた。

　そう思ってくれることがうれしくて、心臓がうるさい。

　詩優の方が可愛いのに。

　可愛すぎるから、

「写真、撮ってもいい？」

　詩優の写真がほしい。

　断られるかもしれないけど……。

「……いいから俺にも撮らせて」

　頭をかきながらそう言ってくれて。

　「うんっ！」と返事をして詩優の腕から離れて、スマホをポケットから取り出した。

　カメラモードにして、カシャッと写真を撮る。

　それから連続で写真を撮ると、詩優も負けじとスマホを私に向ける。

「最初は私に撮らせてよ！」

「やだ」

「犬耳もっと見せてよ！」

「やだ」

「しゃがんでよ！」

「やだ」

　それからはお互い写真を撮りまくった。

　落ち着いた頃、

「一緒に写真撮らねぇ？」

　ちらりと私の顔をのぞき込む詩優。

　寒さのせいかわからないけど、頬が赤いまま。

「うんっ！」

　うれしくて、元気にうなずく。

　詩優はしゃがんでくれて、肩と肩が密着。

　スマホを内カメラにして、

「い、いくよ」

「あぁ」

「はい、チーズっ」

　緊張のせいで少し手が震えたけど、カシャッと写真を
撮った。

　すぐに離れていく詩優。

　それが少し寂しかったり……。

　画面を確認してみると、それなりに上手く撮れていた。

　っていうか、改めて思うけど、詩優……かっこよすぎな
のでは。私なんて緊張してたから、はにかみ笑いだし。

　それでも、ふたりで写真を撮れたことに頬がゆるむ。

「その写真、俺にも送っといて」

「うんっ！」

　スマホを操作して、詩優に写真を送信していると、

「お次の方どうぞ！」

　順番が来て、私たちは観覧車へと乗った。

　向き合って座ると、詩優と目が合って。お互い笑い合う。

　詩優も私もカチューシャを外して、袋の中へとしまった。

「今日は連れてきてくれて本当にありがとう」

　感謝の気持ちを伝える。

　たくさん、本当にたくさん笑ったから。

　好きな人と一緒にいるのがとても楽しかったの。

「花莉が楽しんでくれてよかった」

　詩優が優しく笑う。

　その表情がかっこよくて、ドキドキと胸が高鳴る。

　カタン、と少しゴンドラが揺れた。

　外を見てみると、雪が少し降っていて……それからキレイな夜景が見えた。

　少しずつ上へと上がっていって、天辺に上がるころにはもっとキレイに見えるんだろうな……。

　楽しみ。

　なんて思って外を見ていたら、

「花莉」

　詩優に呼ばれて向き直ると、真剣な表情の彼と目が合った。

「ほんとは昨日だけど、17歳、おめでとう」

　ぽんっ、と私の手の上に置かれたのは小さな箱。

　それは、赤色のキレイなリボンがついている。

　こ、こ、こ、これは……誕生日……プレゼント、だろうか。

「あ、開けてもいい?」

「あぁ」

　しゅるりと赤いリボンをほどいて、小さな箱をゆっくり開ける。

　そこに入っていたのは……、キラキラと光るピンクのリング。

　そっと手に取ってみると。

　内側には【Shiyuu♡Hanari】と刻印されてあった。

「……それ、花莉の指にはめるから。貸して」

　言われたとおり、詩優に指輪を手渡す。

「右手出して」

　詩優の左手の上に、自分の手をゆっくりと置くと…。

　その指輪を、詩優は私の薬指へ……。

　すっ、とキラキラと光る指輪が私の右手の薬指にはまる。

「ぴったりか。よかった……」

　詩優はほっと安堵の息をつく。

「……ちなみにそれ、おそろい」

　詩優は自分のシャツの下に隠れたものを出して、私に見せた。

　その指輪はペンダントになっていて、彼の首元でキラキラと輝いている。

　詩優のは、シルバーのリング。

　おそろいってことは……。

「ペアリング？」

　ぽつり、とつぶやいた声は確かに詩優の耳に届いたよう
で、

「あぁ」

　優しい声で答えてくれる。

　それから詩優は私の左手をとって指にキスをひとつ。

　その姿がとても色っぽくて……ドキドキドキドキ、心臓
が暴れ出す。

「左手の薬指は予約しとく」

　私の手をきゅっと握って、まっすぐに見つめてくる。

　なんだか吸い込まれてしまいそうな瞳だ。

「うん……っ！」

　そう返事をした時には涙があふれてしまった。

　幸せ……。

　詩優と出会ってから本当に幸せなの。

　私を連れ出してくれて、居場所をくれた。

　たくさんの仲間と出会って、本当に毎日が楽しかった。

　生きててよかった。

　正直、お父さんや兄の俊に暴力を振るわれていた時……
死にたいと思ったこともあった。

　詩優と出会えて、本当に良かった……。

「こっちおいで」

　詩優は自分の隣をぽんぽんと叩いて私を呼ぶ。

　目元を手で拭ってから、詩優の隣へと座る。

　そしたらまた少し、カタンっとゴンドラが揺れた。

「花莉、外見て」

　言われたとおり、外を見てみると…。

　イルミネーションに輝く夜景が広がっていた。

「……っ！」

　あまりにもキレイで、釘づけになってしまい声を出すのを忘れてしまう。

「花莉」

　大好きな人に名前を呼ばれて、はっと我に返る。

　そして、隣に座る詩優を見た時──。

「んっ」

　唇をふさがれた。

　温かくて大きな手が頬に触れて。

　詩優の熱が伝わる。

　長いキスになるのかと思ったが、唇は離れてしまい。

　こつん、と額をくっつけて目を合わせる。

　至近距離に詩優の整った顔。

　心臓の音がうるさくて。

「これから先、ずっと一緒って約束な。俺から離れても必ず捕まえに行くから」

　いつもの彼の声がすぐ近くで聞こえるから、余計にドキドキする。

「もう……絶対離れない」

　少し小さな声で返事をすれば、

「指切り、もう一回しよ」

　くっつけたおでこを離して、詩優は自分の小指を私の前に出した。

　そうだ。

　前に一回、詩優と指切りをした。

　鳳凰との抗争の時に、私と詩優は別れて……。すべて終わった後に、離れないって約束をしたんだ。

　だから、指切りのやり直し。

　私も自分の右手の小指を出して、詩優の小指とからめて。

　今度は、ちゃんと誓う。

　これから先、なにがあっても詩優から絶対離れないって……。

　それからもう一度、触れるだけのキスをして……。

　少し目を開けて見た外の景色は、とてもキレイだった。

冬休み

　冬休みが始まると、詩優とは赤点補習の日しか会えなくなった。

　詩優はお父さんのもとで社長補佐の仕事をしている。冬休みの間はほとんど仕事があり夜勤も入ってるから、HEARTS HOTELに泊まりがけで行ってしまった。その間に私を守ってくれているのは中学生3人。

　詩優がいないのは寂しい。けど、仕方ないこと。

　彼は私たちの安全のために、お父さんと取引をしたんだから。

「……なぁ、あんた。ここ」

　私は、働きたいって言ったら詩優に許可をもらえなかった。

　少しでも引っ越し代と生活費を稼ぎたかったのに。

　無断でやるにしてもバレたら……絶対怒られる。そのことで喧嘩もしたくない。

　だから、私には待ってることしかできないんだ。

　はぁ、とため息が出る。

「おいブス」

　目の前に座る奏太くんの声が聞こえて、我に返った。

「……チッ」

　舌打ちをしてにらんでくる奏太くん。

　そんなふうにされたって怖くないもんね。

　べーっと舌を出して、ぷいっとそっぽを向く私。

「奏太がわかんないとこあるらしいよ〜」

　壮くんが代わりに伝えてくれる。

「え、どこ？」

　奏太くんに向き直ると、また「チッ」と舌打ちをされた。

「奏太くんのバカ。今日の夕飯にピーマンいっぱい入れるよ」

「……その前に、お前をここから追い出す」

　ここからっていうのは、奏太くんと壮くんの部屋。

　私は中学生組の勉強を見ている最中。私も勉強はそこまで得意ではないし、よく赤点を取っているけど……。国語と英語だけはそれなりにできるんだ。

　誠くんも遊びに来ているから、この部屋にいるのは４人。みんなでこたつに入っている。

　奏太くんと壮くんのふたりは、すごく勉強が苦手だけど。

　詩優が自分と同じ高校に入学させたいみたいで、ふたりになにかを言ったらしい。

　私たちの高校はそこまでレベルは高くないから、今から勉強すれば入学できそうだけど……。

「絶対追い出されないもんねーだっ」

「意地でも追い出す」

「もう知らない。奏太くんのチビっ！」

　私と奏太くんが騒いでいると、誠くんが慌てて壮くんの肩を揺すっていた。

　壮くんは眠たそうにあくびをひとつ。

　私と奏太くんの言い合いはすぐに終わり……、そのあとは黙々と勉強。

　私も、みんなの質問がない時は自分の勉強を進める。

　奏太くん、壮くんは飲み込みが早いから、やればできる子、なんだと思う。

　一方で誠くんはすごく頭がいい。聞けば、今までちゃんと授業を休まずに受けてきたんだとか。ノートもしっかりとってあって、真面目なタイプ。

　わからないところもほとんどないし、ふたりにも教えてあげてる。

　すごくいい子。

　あれから２時間、勉強を終えた私たちは夕飯の買い物へ。康さんが不在なため、奏太くんと壮くん、誠くんと一緒にスーパーまで歩く。

　車やバイクでは10分で着くけど……徒歩だと、それなりの距離があることを思い知らされる。

「今日、なに食べたい？」

「キャビア」

「フォアグラ！」

　すぐに答えたのは奏太くんと壮くん。

「……それ以外で」

「ぼ、ぼ、僕はなんでも食べられます！」

　そう言ってくれたのは誠くんで。

　奏太くんと壮くんは食べ物の好き嫌いが激しいけど、誠

くんはいつも好き嫌いせずに食べてくれている。

　どうしようかな、と考えている時だった。

「姫!!」

　壮くんが強い力で私の腕を引っ張って。

　倒れそうになった私を誠くんが支えてくれた。

　それからすぐに、キキィー!と荒々しいブレーキ音が聞こえてきて。

　歩道に黒い車が突っ込んできていた。

　車内から降りてきたのは鉄パイプを持った5人の男たち。

「雷龍もバカだな。お姫様の護衛をこんなガキ共にまかせるなんて」

　奏太くん、壮くんの前に男たちが立ちはだかる。

「……あんたは離れてろ。ブス」

　奏太くんは後ろを向いて、私の肩をとんっと押す。

　強い力ではないけど、恐怖で固まっていた体を動かすことができた。

「あらら。守りきれる自信でもあんの?　ガキふたりで。雷龍のお姫様置いていけば見逃してやんのに」

　ケラケラと笑う男たち。すると、

「さ、さ、3人ですっ!!」

　誠くんが震える足を必死に踏み出して、奏太くん壮くんと肩を並べた。

　それを聞いた奏太くんと壮くんは、口角を上げて。

　目の前の男たちの脇腹に拳を入れて、鈍い音が耳に届く

のと同時に男ふたりが倒れた。

　――カランカラン、と鉄パイプが地面に落ちる。

　それは、あまりにも一瞬のこと。

　そう思ったのは相手も同じだったようで、時が止まった
かのように一瞬静止。

「てめぇら…」

　怒った３人が鉄パイプを振り上げる。

　危ない……っ!!

　と思った瞬間――。

　鉄パイプを避けて、男の肋骨に蹴りを入れる奏太くんと
壮くん。

　それから、誠くんはポケットから防犯用スプレーを取り
出して

　プシュ――!!

　もうひとりの男の顔めがけてガスを噴射。

　誠くんはすかさず苦しそうな声を上げて逃げようとする
男の足をひっかけて、転ばせた。

「……あんたには聞きたいことがある」

　低く、声を出したのは奏太くん。

「くそガキ……っ!!」

　――ガンッ!!

　と大きな音が耳に響く。

　壮くんが鉄パイプを手に持って、地面に思いっきり叩き
つけた音。鉄パイプは、男にギリギリ当たらないところを
狙ったようで。

　男は顔を真っ青にしていた。

　これは、脅しだ。

「あんたら、どこの族？」

　奏太くんがまた低い声を出す。

　男はごくり、と息を呑んでから……。

「ぞ、族じゃない……」

　ただ一言答える。

「じゃあ誰の命令で動いてる」

「"宮園"に金で雇われただけなんだ!!」

　ドクン、と心臓が嫌な音を立てる。

「その宮園ってやつになにを頼まれた」

　奏太くんの質問に男は黙る。

　壮くんは手に持っている鉄パイプをもう一度振り上げ
て、叩きつけようとしたところで。

「ら、雷龍の姫を捕まえて、二度と姫が夜瀬の前に現れな
いようにめちゃくちゃにしろって!!」

　男が焦った声で答える。

　自分の体が小刻みに震え出すのがわかった。

　嫌でも思い出してしまうから……。

　宮園さんに騙されたこと、もう詩優やみんなと会えない
と思ったこと……。

「宮園は今どこにいる」

「お、俺たちにもわからない……!!」

「正直に話さないと、どうなるかわかってるよな？」

　奏太くんは鋭い目つきで男をにらむ。

「う、うそじゃない……!!　信じてくれ……!!」

　必死に言う男に舌打ちをひとつ。

　それから、奏太くんが私の方へと来て

「行くぞ。ブス」

　強引に私の手首をつかんで歩き出す。

　壮くんは鉄パイプを投げ捨てて、誠くんは手に持ったスプレーをポケットの中にしまうと、後ろをついてくる。

　奏太くんは早歩きで、私は必死に足を動かした。

　どうか、震えていることに気づかないで、と願いながら。

　奏太くんが私の腕をひいてくれなかったら……たぶん怖くてその場から動けない。

　マンションの部屋に戻ると、奏太くんはすぐにスマホをポケットから出して、耳に当てる。

　数秒後には、

『珍しいな。奏太が電話なんて』

　漏れ聞こえてきたのは竜二さんの声。

　……まさか!

「報告なんだけど──」

　奏太くんが声を出した時、私は急いで走ってスマホを奪う。

　それから、

「すみません、竜二さん!!　なんでもないです!!」

　私はそう言ってから通話終了ボタンをタップ。

「ブス……なにしてんだよ」

　奏太くんに、にらまれる私。

　電話を邪魔したんだから怒るのも無理ないだろう。

　でも……奏太くんはさっきの襲撃のことを、竜二さんに言ってしまう。

　竜二さんに伝われば、詩優に伝わることは確実。

　詩優が知ったら、仕事を放り出してまで戻って来てしまうかもしれない。

　せっかく、詩優がお父さんに認められるチャンスなのに。

　それになにより、詩優にも雷龍にもこれ以上迷惑はかけたくない。雷龍だって、忙しい時期なんだから。

「さっきのこと、みんなには言わないで。お願い」

　奏太くんをじっと見つめる。

　けれど、

「スマホ返せ、ブス」

　さっき奪ったスマホへと手を伸ばす奏太くん。

　私はそのスマホを取られないように遠ざけた。

「チッ」

　舌打ちする音が耳に届くが、約束してくれるまでスマホは返さない。

「姫、やめなって」

　背後から回って、するりとスマホを取ったのは壮くんだった。

「さっきのこと、報告しないと危ないのは姫なんだよ」

「そ、そうですよ……!!　ま、また襲撃されるかもしれないですし……!!」

　壮くんと誠くんが真剣な表情で私を見つめる。

「……24日のこともあったし、雷龍にこれ以上迷惑をかけたくないの。それに、詩優にこのことを知られたら、帰って来ちゃうかもしれないでしょ？　冬休みが終わったらちゃんと伝えるから、今は黙っていてほしい」

　お願い、とみんなを見つめる。

　3人は悩んだ表情をして沈黙。

　……もう、すでに彼らには迷惑をかけてしまっている。

　本当にごめんね、と心の中で謝った。

「無理」

　と奏太くんは一言。

　それに続くように、

「俺も賛成できない」

「ぼ、僕もです……！！」

　壮くんと誠君にも言われてしまった。

　下を向いた時、

「前みたいに姫に何かあってからじゃ遅いしさ。でも、」

　続けて話す壮くん。

「俺たちも総長の仕事の邪魔したいわけじゃないし、副総長に報告はするけど総長には秘密にしてもらえるように頼んでみるよ」

　その言葉でぱっと顔を上げた。

「……それでいいけど、総長に怒られるのはあんただけだから」

　奏太くんはため息をひとつついてから、そう言ってくれ

て。

　誠くんも「それなら僕も賛成です！」と言ってくれた。
「迷惑がどうのとか、めんどくさいことは考えないほうが
いいよ〜。俺らも雷龍も、寛大な心を持ってるから気にし
ないし」

　壮くんと目が合うと、にっと笑う。
「ありがとう……！！」

　そのあと奏太くんが竜二さんに電話をかけてくれた。

　長い時間頼みこんでくれて。

　竜二さんはしぶしぶ、詩優には秘密にしてくれると約束
してくれた。

　今度会った時によくお礼を言おう。

　晩ご飯を食べ終え、ゆっくりしていたら、もう21時を
過ぎていた。

　誠くんは冬休みだからここに泊まるみたい。だから、帰
るのは私だけ。帰るって言っても上の階の部屋だけど。

　詩優がいない今部屋には誰もいなくて、あの時のように
宮園さんが迎えに来たら……と考えると恐怖でしかない。

　だけど、3人はもうそろそろ寝るのかもしれないし、い
つまでもここにいたらいけない。

　私は立ち上がって「帰るね」と告げた。
「あっ！　姫！」

　玄関で靴を履く私に声をかけてきたのは壮くん。

　くるりと後ろを向くと、「部屋まで送るー」と言ってく

れた。

「ありがとう！」

　ガチャッと扉を開けて、ふたりで外へと出る。

　冬の夜はやっぱり寒くて、壮くんは薄着だからなんだか申し訳なくなる。

　だから少し早歩きで部屋へと向かう。

「姫ってさ、わかりやすいね」

　壮くんはなぜかそんなことを言って、無邪気に笑う。

　わかりやすいって……なにがだろう。

「考えてることが全部顔に出るとこ。姫には裏の顔とかないんだなー、ってよくわかる。だから俺も奏太も気を許しちゃうのかな～」

　私が考えていることを、まるでわかっているかのように話してくれる。

「安心しなよ。宮園は副総長たちが探すって言ってたから。きっとすぐ見つかるって」

　壮くんが言い終わるのと同時に部屋の前に到着。

　私を安心させるために、わざわざそれを言いに来てくれたんだ。

「ありがとう壮くん。あと、守ってくれてありがとね」

「姫も周り見ないと轢かれるから気をつけな～」

「うん。気をつけるね」

「じゃ、また明日」

　ひらひらと手を振ってから行く壮くんの後ろ姿が見えなくなるまで見送った。

　不安が残る中迎えた年末、雷龍で倉庫の大掃除をした。大晦日には年越しのカウントダウンをして、元旦には暴走。それから新年会。どのイベントも詩優は不参加。雷龍のみんなも詩優の家の事情を知っていて、仕事を応援していた。

　みんなはいつも以上に気合いを入れて頑張っていて。

　ひとりひとりがキラキラと輝いていた。

　楽しい日はあっという間に過ぎていき、明日からまた学校の始まり。

　詩優には、赤点補習の日以来会っていないから早く会いたい、という気持ちは募るばかりだ。

　冬休み最後の夜、ひとりベッドの上に寝っ転がる。

　明日、ついに明日だ。

　詩優が帰ってくる……！

　楽しみすぎて眠れない。

　ぎゅっと、首元につけているペアリングを強く握る。

　私も詩優と同じように、ペンダントにして首に着けていたんだ。

　それから、耳には詩優からもらった赤いマグネットピアス。

　詩優と離れている間はずっと着けていた。

　早く触れたい。

　強く抱き締めてもらいたい。

　温かい手で頭をなでてほしい。

　あと、手もつなぎたい。

　キス、したい。

　なんて思っていたら恥ずかしくなって、体が熱くなっていく。

　早く寝なくちゃ、と思い電気を暗くして、目を閉じた。

挨拶

「まだ寝てな」

　目を開けようとしたら優しくて温かい手が私の頬に触れて、頭をゆっくりなでてくれる。

　——そんな夢を見た気がする。

　ピリッとした痛みが走った気がして、ぱちっと目を開けた。

　まだ夢の中にいるのかと思った。

　だって、目の前には大好きな彼がいるんだから。

「おはよ」

　彼は、にっと笑う。太陽みたいなまぶしい笑顔で。

　夢か現実か、そんなことを確かめるよりも、会うことができてとにかくうれしくて。ぎゅっと詩優に抱き着いた。

　詩優の体は大きくて温かい。

　それから、ほんのりいい匂いもする。

　いつもの詩優だ。ぽんぽん、と優しく頭をなでてくれる優しい手も変わらない。

「おかえりなさい……！」

　抱き着いたまま声を出せば、少しくぐもった声になってしまう。

　でも、離れたくないんだ。

「ただいま」

それから詩優も私の背中に手を回してくれて、ぎゅっと強く抱き締め返してくれた。

「ごめんな。起こすつもりはなかったんだけど……どうしても早く会いたかったから、俺の部屋まで連れてきた」

ドキッと胸が鳴った。

つまり……詩優も私と同じ気持ちだったんだ、ということ。それがすごくうれしい。

「早く起こしてよ」

そうすればもっと早く詩優と会えたのに。

「あんな気持ち良さそうな顔で寝てたら、起こせねぇだろ」

またぽんぽん、と頭をなでてくれる。

私をあやすかのように。

「布団蹴っ飛ばして腹出して寝てるし。風邪ひいたらどうしようかと思った」

ふっと笑う声が耳に届いた。

「へ？」

布団蹴っ飛ばして、お腹出して寝てた!?　そんな恥ずかしい姿で寝てたの!?

想像するだけでも恥ずかしすぎて、顔から火が出そうだ。

「ご、ごめんなさい……！　見苦しいもの見せて……」

まだ髪がぼさぼさの方が良かったのに……。最悪だ。

なんて自分の中で反省していたら、笑いをこらえるような声が聞こえてきた。

「うそだから」

声が上から降ってきて、ついには吹き出して笑う詩優。

　う、うそ!?

「詩優のバカ!!　もう着替えるからあっち行って!!」

　詩優の背中に回していた手を解いて、胸を押す。

「ごめんって。謝るから俺から離れんな」

　ぎゅうっと、さっきよりも力を込めて抱き締められる。

　私を逃がす気がないような強い力。

「……バカっ」

　そう小さくつぶやいて私はそれ以上抵抗しなかった。抵抗しなかったのは、そうされることがうれしい、というのもある。

　なんて単純。

「花莉」

　名前を呼ばれて、「なに？」と抱き締められたまま返事をした。

「引越し、来月になったから」

「……うん」

　その言葉で思い出したのは、詩優に伝えなきゃいけないことがあるということ。

　詩優にだけ、この間襲撃されたことを黙っていたから、私から言わなくちゃいけないんだ。

「……それでさ、もし良かったらなんだけど」

　さっきよりも真面目な声が耳に届く。

　顔を上げて、詩優と目を合わせると……。

　彼があまりにも真剣な目をしていたから、心臓がドキリと鳴る。

　ずっと見つめていると吸い込まれてしまいそう。

「寝室同じにしねぇか？」

　嫌なら別に……、と彼が言い終わる前に私は、

「一緒がいいっ！」

　すぐに答えた。

　毎日好きな人と一緒に眠れるなんて、そんなの最高すぎる。

「……ほんと？」

「うん！」

「後からダメって言っても遅せぇからな？」

「言わない！」

「絶対？」

「絶対！」

　確かめるように聞いてきて、私はそれに答えた。

　すると、詩優は満足そうな顔をして口角を上げる。

　それから後頭部に大きな手が回って。

　あっという間に唇がふさがった。

　久しぶりのキス。

　なんだか熱くて、頭がクラクラしそうだ。

　唇を重ねて、すぐに離して、また重ねて、その繰り返し。

　ドキドキと心臓がうるさいけれど、呼吸をするタイミングはつかめた……気がする。

　これは……もしかしてのもしかして。

　私、少しずつキスに慣れてきたのでは……!!

　と思った直後、パジャマの中にゴツゴツした大きな手が

侵入。

　びっくりして、詩優の名前を呼ぼうとしたら、それをチャンスだと言わんばかりに口内に熱いものが入ってきた。

　とろけるように甘くて、深いキスに変わる。

　キスを受けることでいっぱいいっぱいなのに、パジャマの中に侵入した手がキャミソールの下——素肌へと触れる。

　あっという間に、私の余裕は詩優によって奪われてしまった。

　素肌に触れた手はどんどん上へと動いてきて。

　頭の中はパニック状態。

　まさか起き抜けに、こんな状況になるなんて……。

　詩優の手を止めようと、腕をつかむ。

　けれど甘いキスのせいで力が入らなくて、止めることは不可能だった。

　背中に手を回されて、プチンっと音がした。

　心臓が異常なくらい激しく音を立てる。

　どうしよう、と思っているうちに唇が離れた。

　酸素を吸って、乱れた息を整える。

　詩優の手も止まって、安心した直後——。

　あお向けにされて、気づいたら詩優が私の上に覆い被さっていた。

　私だって、詩優と触れ合えなかった分、たくさん触れたい。

　だけど……。

　詩優に言わなくちゃいけないことが、あるのに……。

　なんて考えているうちに、大きな手は素肌に直接触れて、体のラインをゆっくりなぞった。

「んっ……」

　詩優の手がキャミソールをめくり上げながら滑っていくから、たまらなくなって声が出る。

　詩優はただ無言で、体のラインをなぞった後、お腹にキスをひとつ。

　恥ずかしくて声が出そうになったけれど、口元を手で押さえて今度は必死でこらえた。

「……声、我慢すんな」

　でもそれを制するように、手をはずされて。片方の手はからみ合うようにつながれた。

　強く握って、ベッドに押しつけられた手。

　反対側の手は容赦なく私の体に触れてくる。

　温かい手に触れられると、そこが熱を帯びたかのように、どんどん熱くなっていく。

「詩、優……！」

　必死に彼の名前を呼んだ。

　触れてほしいけど、これ以上は恥ずかしくて。

　どうすればいいのかわからなくなってくるんだ。

「ん？」

　詩優は口角を上げて笑う。

　それ以外はなにも応えてくれない。

　パジャマの中に入った手がギリギリのラインに触れた

時──。

　──ピピピピッ、ピピピピッ。

　静かな部屋に響いたアラーム。あまりにも突然の音だったから驚いて、心臓が思いっきり跳ねた。

　詩優は「時間切れか」と小さくつぶやいて、目覚ましをオフにすると、ゆっくり私から体を離す。

「びっくりした？」

　と優しい声で聞いてくる。

　私は首を横に振ってから、乱れた息を整えた。

　──そして。

「……あのね、詩優に秘密にしてたことがあるの」

「秘密にしてたこと？」

　こくんとうなずいて、乱れた格好を直して起き上がると詩優も起き上がる。

　詩優は真剣な瞳で私を見つめてくるから、大きく息を吸った。

「この間、宮園さんが雇ったっていう人たちに襲撃されたの。その時、一緒にいた奏太くんたちが守ってくれたから大丈夫だったんだけどね……。詩優にこのことを伝えたら仕事を放り出してまでこっちに来ちゃう気がして、みんなに頼んで詩優には秘密にしてもらってたの。勝手なことしてごめんなさい」

　怒られるのは覚悟している。

　勝手なことをしたんだから。

　ぎゅっと目をつむると、聞こえてきた声は。

「……ほんと、バカ花莉」

　怒った声ではない。

　それから私の頭の上に手を置いて。

「あほ花莉」

　怒った声ではないけど……怒られてる？

「本当にごめんなさい」

　もう一度謝る私。

　すると、私を包み込むように抱き締めてくれて。

「自分が危ないのに俺のことなんか気にすんなよ。なにかあってからじゃ遅いんだからな。……秘密にしてたことはすげぇむかつくけど、なにより無事でよかった」

　耳元で聞こえた声。

　私を抱き締める彼の手に力が入る。

「冬休みも終わったことだし、これからはまた俺が守るから」

「……うん」

　宮園さん……あの人は次に何をしてくるかわからない。

　私も気を緩めずしっかり警戒しないと。

　そう思いながら詩優の背中に自分の手を回した時——。

　——ピピピピッ、ピピピピッ。

　再びアラーム音が響く。

　詩優は私からそっと離れて、目を合わせた。

「花莉に頼みがあるんだけど」

　頼み？　それはいったい？

「なに？」

「今週の土曜、親父に花莉を正式に紹介したい」

　言われたのは、まさかの。いよいよだ。

「うん……!!」

　私はすぐに返事をした。

　詩優のお父さんに挨拶。

　すごく緊張するけど、私は詩優とこの先ずっと一緒にいたいから。

　今から心の準備をしておこう。

　そうして早いもので、週末がやって来た。

　詩優のお父さんに挨拶をするためにHEARTS HOTELまで康さんに送ってもらっているところ。

　私は今、すごく緊張している。

　カタカタと膝が震えるほど。

　そんな私の緊張をほぐそうとしているのか、さっきから隣に座る詩優は私の頬をつんつんしたり、むにっと引っ張ったりしてくる。

　遊ばれてるだけかもしれないけど。

　手土産も用意して、服も派手すぎないものを選んだつもり。

　事前にネットで調べて、ピンクベージュのブラウスと膝が隠れるくらいのフレアスカート、大人っぽいシンプルなコートを買っておいたんだ。

　髪型も京子にもらったヘアアイロンでストレートにして、キレイにした……つもり。

　も、もしダサい女だと思われたらどうしよう……。

　お菓子だって……もっと高級なものを買っておけばよかったと後悔。

　不意に詩優の顔が近づいてきて、私は反射的に少し距離をおく。

「な、に……？」

「ん？　キスしようと思っただけ」

「なっ!?」

　なんで今？と聞こうと思ったのに、緊張のせいで上手く言葉にできなかった。

　詩優を止めようとしても止まらなくて、ちゅっとやわらかい感触が頬へ。

「……っ」

　顔が熱くなっていくのがわかる。

　恥ずかしくて下を向いていたらあごを持ち上げられて、無理矢理前を向かされる。

　詩優は、にっと笑って。

「いつもの花莉でいいから」

　頭をなでてくれた。

「妃芽乃花莉です妃芽乃花莉です妃芽乃花莉です妃芽乃花莉です」

　ロータリーで車を降りた私は、まるでなにかの呪文のように自己紹介の練習をする。

　隣を歩く詩優はふっ、と笑って「うん。その後は？」と

聞いてくる。

　絶対おもしろがっている。詩優は笑いをこらえようとしているのか、無理して真顔になろうとするけど……それから耐えきれなくなったのかまた笑い出す。

　わざと頬をふくらませて怒ったように見せた。

　詩優は私の頬をつんつんして。ぷしゅーっと頬をふくらませた空気が抜ける。

「行こ」

　それから優しく微笑んでくるから、ドキッと胸が高鳴る。

　どんどん手を引かれてたどり着いたのは、HEARTS HOTELの別館。外装からして、高級感があふれている。

　ピカピカに磨かれた大理石の床を歩いて行くと、大きな扉の前に誰かが立っているのが見えた。

　その男性は私たちに気づくと、優しい笑顔を向けて。

「社長は少し手が離せなくなってしまってね。応接室で待っていてもらってもいいかい？」

　黒髪で黒縁のメガネをかけた、スーツ姿の男性。

　この人は……以前パーティーに行ったときに、詩優のお父さんと一緒にいた人、だよね？

「わかりました」

　詩優がそう返事をすると、優しそうな男性は隣の部屋の扉を開けてくれる。

「詩優くんが彼女を連れてくるまで成長するとはね。この間のパーティーの時はびっくりしたよ」

　私たちをソファへと案内すると、目の前の男性はにこに

こと笑っていた。

　"彼女"と言われたことが素直にうれしくて、頬がゆるみそうになるのを必死で我慢。

　すると、男性は私と目を合わせて

「私は竜二の父、二ノ宮利一。妃芽乃くんのことは詩優くんからいろいろ聞いているよ」

　また優しく微笑む。

　耳に届いたのは、まさかの。

　えっ!?　竜二さんのお父さん!?

「し、詩優さんとお付き合いさせていただいております!!　ひ、妃芽乃花莉ですっ!!　あの、いつも竜二さんには本当にお世話になってますっ!!」

　詩優とつないだ手を離して、ぺこりと頭を下げた。

「詩優くん、いい彼女を見つけたね」

「はい、ほんとにいい子すぎて。少しは悪い子になってくれてもいいかもって思うくらいです」

　詩優は笑いながら私の頭をゆっくりなでる。

　人前なのに……。

「ふたりとも、竜二に彼女がいなかったらいい人を紹介してあげてほしいな」

　なんてね、と利一さんは冗談っぽく言う。

　そういえば竜二さんの恋愛のことはぜんぜん知らないな、と思った。

　今まで聞いたこともない。

　どうなんだろうか。好きな人や彼女とか……いたりする

のかな。竜二さんモテるもんなぁ。

「竜二は自分の気持ちにも周りにも鈍いんで、気づいてる
かはわからないですけど……。大切に思ってる子ならいま
すよ。俺の予想では、卒業するまでには告白するんじゃな
いかと」

　そう返したのは詩優。

　私は目を大きく開いて彼を見つめた。

　竜二さんが大切に思ってる子!?

　そ、それは……誰だろうか。

　私が知ってる人？

　それとも知らない人？

　気になる……。

「安心したよ。竜二と一緒にいてくれてありがとう。お茶
をいれてもらうから、座って待っててね」

　そう言って微笑んでから利一さんは部屋から出ていっ
た。

「ん？　キス？」

　じーっと見つめる私の視線に気づいた詩優は、顔を近づ
けてくる。

「ちがっ……!!」

　顔を逸らして、キスされないよう口元を手で覆う。

「手、どけて」

「やだっ……！」

　そしたらキスするじゃんか！　それにここがどこだか詩
優はわかっているのだろうか。

「じゃあ帰ったらな」

　詩優は諦めたように、笑って言った。

　でも私たちは完全に密着した状態で。

　詩優の手が私の手の上に重なって。

　からみ合うようにつながれている。

　ちらりと隣に座る詩優を見たら、

「親父が来たらさすがに離れるから」

　私の心配が伝わったのか、そう言ってくれた。

　それなら安心、と思った時に——。

　部屋の扉が開いた。

　詩優はすぐに距離を取って座り直すと、扉へと目を向ける。

　部屋に入ってきた詩優のお父さんを見て、覚悟はしていたけれど、緊張で心臓が口から飛び出そうになった。

　急いで立ち上がって、頭を下げる。

「花ちゃん久しぶりー！　顔が見たいから来ちゃった」

　それから足音が聞こえてきて、明るい声が耳に届いた。

　顔を上げると、黒いスーツを着た朱里さん。

「おっ、お久しぶりですっ！　詩優さんとお付き合いさせていただいてる、妃芽乃花莉です！　本日はお忙しいなかお時間をいただきましてありがとうございますっ！」

　ぺこりと頭を下げると、

「妃芽乃くんの噂はいろいろと聞いているよ」

　そんな言葉が返ってきたからびっくりした。

　噂!?　いろいろとは!?

　驚いていたら、「座りなさい」と言われて。

　顔を上げて、「失礼します」と言ってからゆっくり座る。

「花ちゃん、紅茶にお砂糖何個入れる？」

　朱里さんがお茶を運んでくれて、角砂糖が入った容器を開けた。

「あ、ありがとうございますっ。い、入れなくて大丈夫ですっ」

　そう返事をしたのだが、

「花莉は２個」

　詩優がそう言って、お砂糖を入れてスプーンでかき混ぜる朱里さん。

「しーくんから聞いてるよ。花ちゃんはアップルティーにはちみつ入れて飲むって。さてはお主、甘党だな？」

　にこにこしながら話す朱里さんは可愛くて。

　見てるこっちまで和んでしまいそう。

「ありがとうございます」

　ティーカップに入れてもらった紅茶が私の前に置かれた。

　２つ目のティーカップには、お砂糖を１つ。それは詩優の分で。

　３つ目のコーヒーカップには、なんと……、お砂糖を３つ入れた。

　スプーンでかき混ぜて、そのカップを私と詩優の目の前に座った詩優のお父さんの前に。

「意外でしょ？　パパね、こんな怖い顔してるけどコーヒー

にお砂糖３つ入れないと飲めないんだよ？」

　ふふっと笑う朱里さん。

　今日一番、驚いたかもしれない……。

「……余計なことは言うな、朱里」

　黙っていた詩優のお父さんが口を開くと、「じゃあ邪魔者は退散します！」と部屋を出て行く朱里さん。

　急に静かになった空間で、私の緊張は最高潮になる。

　なにを言おうかと焦っていた時に、口を開いたのは詩優のお父さんだった。

「自己紹介がまだだったな。私はここの社長を務めている夜瀬勇悟。うちのバカ息子がお世話になってるみたいだね」

　思いのほか優しい声のトーンで話してくれる。

　一見怖そうだけど、目元が詩優と似ていると思った。

「あ、いえ！　お世話になっているのは私の方です」

　お父さんはコーヒーをひと口飲んでから、ゆっくり話し始めた。

「私はね、子どもたちにいい未来を歩んでもらうために、育てた……つもりでいた。間違った道に進みそうになったら厳しく叱って、私が用意した安全な道を歩かせていた」

　詩優はぎゅっと私の手を握って。

　私も握り返す。

「妻と悠が亡くなってから……余計にそう思っていたのかもしれない。特に詩優には厳しくしていたからね」

　それは以前、詩優から聞いた。

　厳しくされて耐えられなくなった詩優が家出したとか、

そんな詩優をお父さんが殴って引きずって帰ったとか。

「でもね、恥ずかしい話なんだが、最近それが間違っていたんだと気づかされたよ。詩優は私がすることに抵抗はするが、以前までは最後の最後で必ず諦めて従っていたんだ。跡継ぎになることも相当嫌がっていたのに、それを引き受けて。……ところが、ひとり暮らしをする間になにかが変わったんだろうね。私が婚約者を勝手に決めたときは、詩優は引き下がらなかったよ。……よほど妃芽乃くんのことが大切なんだろう。諦めきれないくらいにね」

　その言葉を聞いて胸が熱くなっていく。

　少しでも油断したら涙があふれてしまいそう。

「反抗ばかりでろくに跡継ぎとしての役割を果たそうとしなかった詩優が、自ら務めを果たそうとしている。ここまで変わったのは……まぎれもなく妃芽乃くんのおかげだ。本当に感謝している」

　私とまっすぐ目を合わせてから頭を下げたお父さん。

「わ、私はなにもしていないですよ……！！　変わったのは詩優自身の力で……」

「花莉のおかげ」

　詩優は私を見つめて、優しく微笑む。

「詩優、お前は妃芽乃くんのこと、本気なんだろう？」

　お父さんは顔を上げて、今度は詩優をまっすぐ見つめる。

　詩優もしっかりと前を向いて。

「本気。俺には花莉しかいねぇから」

　と答えた。

「暴走族に入っていることにはかなり驚かされ……正直、賛成はできそうにないが、真剣に跡継ぎとしてこれからも務めるのであれば……今だけならと、目をつむろう」

　まさかのお父さんの言葉に、詩優は握った手をさらに強く握って、うれしそうな表情を見せる。

「さんきゅ、親父」

「ただし、絶対にホテルには迷惑をかけるなよ。犯罪まがいのことも絶対にダメだ」

「十分気をつける」

　詩優が答えたところで、お父さんの視線は私に向けられる。

「妃芽乃くんは、詩優とのことを真剣に考えているのか？」

「考えてますっ」

　まっすぐに見つめ返して、私は首元のペアリングをぎゅっと強く握りしめた。

「そうか。それなら安心だ」

　お父さんは優しく微笑んで、

「詩優を頼む」

　頭を下げた。

「はいっ！」

　返事をしてから私も頭を下げる。

　反対されると思っていた。

　詩優には私なんて釣り合わないと……。

　私は令嬢でもなんでもないし、特別美人というわけでもない。

　ただ、詩優が好き、という気持ちが強いだけ。

　認めてもらえたことがうれしくて、頭を下げたらまた涙があふれそうになった。

　視界がゆがんで、慌てて袖で拭ってから前を向く。

「妃芽乃くん。もし、将来やりたいことがなければ、うちに就職することをおすすめするよ。もちろん休みの日に遊びに来ても、バイトでもいいから。また顔を見せておいで」

　お父さんは立ち上がって、部屋を出て行こうとするから。

「はいっ！　本日はありがとうございました！」

　最後に、私と詩優は立ち上がって頭を下げた。

　帰りの車の中で。

「無事に挨拶できてよかった……」

　ほっとひと安心。

　行く時はあんなに緊張していたのに、今は肩が軽いよ。

　挨拶が無事に終わって、私の頬はゆるみっぱなし。

「お疲れ。今日はさんきゅ、花莉」

　急に頬にキスをして、離れていく彼。

「!?」

　突然するもんだからびっくりして頬が熱くなる。

　って、ここ車の中っ!!

「そういう可愛い顔されるとキスしたくなる」

「!?」

　そ、そういう顔、って!?

　ドキドキしていたら、私の両頬をむにっと優しく引っ

張ってから、おでこにキスを落とされた。

　それからまぶたに、頬に、やさしいキス。

　それから唇に——。

「車の中っ！」

　慌てて私は自分の口元を手で覆った。

「……じゃあ今は我慢するから、あとでご褒美ちょーだい」

　詩優はじっと私を見つめる。

　なにかを期待するかのような目だ。

「私ができる範囲だったら……いい、けど」

　無理なことだったら諦めてもらうしかない。

「よっしゃ。ご褒美ゲット！」

　詩優はなぜだかすごくうれしそうで、子どもみたいに笑った。そういうところもすごく好き。

　詩優の笑顔を守りたいんだ。

　マンションに着いて部屋に戻ってから、あることに気がついた。

　今日の夕飯の食材がない、ということに。

「詩優、スーパー行きたい」

　と声をかけたら詩優はバイクの鍵を手に持って「行くか」とうれしそうに返事をしてくれる。

　外は寒くて、今にも雪が降りそう。

　でも——私たちはこの日、この時間に外に出るべきではなかった。

　警戒していたのに、なんで一瞬でも気を抜いてしまった

んだろう。

　エレベーターを降りて、駐車場まで歩いて行くと。

「……花莉、下がってろ」

　詩優が私を自分の背中へと隠す。

「詩優様、妃芽乃様、お久しぶりですね」

　現れたのは黒髪でマッシュ頭のスーツ姿の男性。

　……宮園さんだ。

「なんの用だ」

　詩優がにらみつける。

「挨拶ですよ、挨拶」

「わざわざその人数でか？」

　……その人数？

　すると、車の後ろに隠れていた男たちが次々に姿を現して、すぐにその言葉の意味を理解した。

　5人いる。

　彼らの手には……ギラリと光る鋭い刃物が握られていた。

「そうですよ。夜瀬詩優への最後の挨拶ですから」

　その言葉と同時に、宮園さんはスーツから刃物を取り出して詩優へと襲いかかる。

「詩優……！！」

　思わず声を出したが、詩優はあっという間に宮園さんの腕をつかみ、刃物を奪うと脇腹に蹴りを一発入れた。

「ううっ」

　苦しそうな声を出して宮園さんが倒れる。

　でも、それだけでは終わらなくて。

　刃物を持った男たちが次々に詩優に襲いかかる。

　どうしたらいいの？

　詩優を守りたいのに……。

　詩優が応戦している中、宮園さんはフラフラと立ち上がるのが見えた。

　刃物を手にしたまま詩優の背中に向かって――。

　そのとき、恐怖で強張っていた体が動いたんだ。

　大好きな人が怪我をしないように。

　詩優に駆け寄る。

　すると宮園さんは急に私のほうを向いて。

「お別れですね、妃芽乃様」

　と言った。

　次に自分の脇腹を見た時には、刃物の柄が突き出ていて。

　瞬間、買ったばかりのコートが赤く染まっていく。

「あはははは！」

　私を見た宮園さんは狂ったように笑う。

　それから、

「花莉――――！！！！」

　大好きな人の声。

　彼は周りの男たちを倒して、宮園さんを殴り飛ばした。

　鋭い痛みが私を襲う。

　立っていられなくなって、その場に体が倒れてしまう。

　ドクドクと流れ出る血。

「花莉っ！！」

　詩優はすぐに駆け寄ってくれて、自分の上着を脱いで刺された脇腹に当ててくれる。
「今病院に連れてくから!!　目ぇ閉じんじゃねぇぞ!!」
　少しずつ、確かに……耳に届く声が遠くなっていく。
　詩優が電話をする声すら聞こえない。
「……し……ゆ……」
　寒いよ、もっとこっちに来て。
　声が聞きたい。
　詩優のそばにいたいの。
　残った力で詩優へと手を伸ばすと、ぎゅっと強く握ってくれる。
　私は心配させないように握り返したかったけど、思うように力が入らなくて。
　ゆっくりとまぶたが下りた。

大切な女の子 ～詩優side～

怖かった。

大切な女の子が傷ついて、血を流す姿が。

少しずつ意識が遠のいていく姿が。

何度名前を呼んでも、うっすらとしか目を開けなくて……。

俺の手を、きゅっと力ない手でつかんでは、離していく……。

大至急、康の車で腕のいい医者のところに花莉を運んだ。

そこで告げられたのは……。

「出血多量で血圧が著しく下がっている状態です。このまま意識が戻らなかったら──」

その言葉を聞いて、頭が真っ白になった。

情けない話だけど、体が震えて……余裕がなかった。

震える声で花莉の母親に電話で説明して、待ち合いロビーの椅子に座る。

病院内はやけに静かだった。

ただ拳を強く握って、花莉が無事であることを祈ることしかできない。

……できることなら、俺が代わってやりたい。

なんで花莉が、つらい目に遭わなくちゃならねぇんだ……。

　幼いころからの家庭内暴力に耐えて、ここまで生きてきたのに。

　……俺が関わったから、花莉を危険な目に遭わせてしまったんだ。

　何回も何回も。

　海斗に殺されかけた時に離れておくべきだった。

　別れるべきだった。

　やっぱり俺は最低だ。

　危険な目に遭わせても、それでも花莉を離せねぇと思ってるんだから。

「本当に申し訳ございませんでした……！」

　病院に到着した花莉の母親に、すべてのことを説明した。

　俺が暴走族の総長をやってること。今までにも危険な目に遭わせたこと。それから……今日のことも詳しく。

　地面に頭をつけて、誠心誠意の土下座をした。

　こんなことをしても怒られるに決まってる。

　責められるに決まってる。

　"今すぐ別れろ"と言われる。

　母親にとって、たったひとりの大切な家族を、危険な目に遭わせてしまったんだから……。

　けれど……。

「……顔を上げて？　……夜瀬くん」

　上から降ってきた声は、責める言葉でもなければ怒鳴り声でもない。震えた涙声。

「……それはできません」

「……花莉はね、本当に夜瀬くんが大好きなのよ……。だから、自分から動いて大好きな人をかばったの。夜瀬くんがそこまで謝る必要はないのよ」

「いえ……。もとは俺が花莉を巻き込んだんです。花莉と関わらなければこうはならなかった……」

「……それは確かにそうかもしれない。でもね、夜瀬くんが花莉と関係を持ってくれなかったら、花莉はまだあの家にいて……幸せにはなれなかったのよ」

「…………」

「夜瀬くんがいてくれたから……夜瀬くんが花莉のそばにいてくれたから、今があるの。花莉だって夜瀬くんのために怪我をしたことに……出会ったことに後悔していないはずよ」

　花莉の母親は、俺の頬を両手で挟んで、前を向かせた。

　涙目の彼女は、まっすぐ俺を見つめてくれるから……なんだか俺まで泣きそうだった。

　それから花莉の母親と2人で座って花莉を待つ。

　花莉、頑張れよ。

　お前のこと、待ってるやつがいっぱいいるから。

　俺も待ってるから……。

　──必ず戻ってこい。

大好きな人へ

暗闇の中へ落ちていく。

上を見れば、まばゆいほどの光があるのに。

真っ逆さまに落ちていく。

……やだ。

嫌だよ。暗闇はやだ。

暗闇にいると周りが見えないの。

誰もいないところにずっとひとりでいたくないの。

誰か……。

助けて……。

───詩優。

心の中で彼を呼んだ時、ぐいっと右手をつかまれた。

そのおかげで暗闇の一番下までは落ちずに済んだ。

顔を上げて、私の手をつかんだ人物を見ようとしたが、思わず目を細める。

まぶしすぎて、私の手をつかむ人物の顔すら見えない。

その人物はゆっくり手を引いて、私を光のほうへと連れて行ってくれる。

強く手を握ってくれるのは、温かくて大きな優しい手。

涙が出そうになった。

誰の手なのかわかったから。

私がよく知る人の、大好きな人の手……。

　ゆっくり目を開けた。

　すると、最初に耳に届いたのは、

「花莉!!」

　大好きな人の声。

　それから、視界には詩優とお母さんが映る。

　光にまだ目が慣れないせいで少しぼやけてしまう。

　ちゃんと見たいのに……またすぐに目を閉じてしまいそう。

「良かった……っ」

　お母さんが優しく私を抱き締めてくれる。

　戻ってきた。

　ぎゅっと強く右手を握ってくれるのは……。見なくても
わかる。

　温かくて大きな優しい手。

　こんなに安心する手は詩優しかいない。

　詩優が私をここに連れ戻してくれたんだ。

「……心配、かけて……ごめんね」

　ゆっくり声を出した。

　酸素マスクをしているが、声を出すのは少しだけ苦しく
て、あまり大きな声は出せそうにない。

「……すごく心配したんだから……」

　ぽんぽん、と優しく私の頭をなでてから私から体を離す
お母さん。

　すぐに隠れるように後ろを向いてしまったが、お母さん
の涙が見えた……気がする。

「……お医者さんに花莉が目覚めたこと知らせてくるわね」

　そう言い残して、お母さんは病室を出た。

　病室には詩優と私の2人。

「詩——」

「守れなくて本当にごめん」

　謝ろうとしたら先に謝られてしまった。

　詩優はなにも悪くないのに……。

「わ——」

「俺はいつもお前を危険な目に遭わせてばかりだな……」

　またまた話そうとしたら詩優が声を出して、私の声はかき消されてしまう。

「……まっ——」

「本当にごめん……」

　詩優は私の前で頭を下げる。

　だから、詩優は悪くないの。

　悪くないんだってば……!!

　私は酸素マスクをはずして、体を起こそうとした。けれど起き上がれなくて……。

「バカ……!　まだ寝てろ……!」

　結局は詩優に体を支えられる。

　だから、近くに来た詩優の首に腕を回してぎゅっと抱き着いた。

「バカは……詩優……だよ……私が勝手にやったことだから……そんなに思いつめないで……」

　とぎれとぎれになってしまう言葉。

　それでも大好きな人へ、絶対に伝えたかった。

「……花莉」

「……心配かけて……ごめんなさい。いつも……守ってくれて……本当に、ありがとう」

「……っ」

「……それから、ただいま」

　全部伝えてから詩優から離れると──唇に熱くてやわらかいものが一瞬だけ触れた。

「……早く治して早く元気になって。帰ったら俺が飯作るから」

　詩優のご飯！！

　それはすごく楽しみだ。

「デートもしよ、たくさん。行きたいところ、どこでも連れてくから」

　行きたいとこ……！！

　たくさんあるから悩む……。詩優とならどこに行ったって絶対楽しい。

「それにそのままじゃ、キス以上もできねぇだろ？」

　にやり、と口角を上げる。

　私は詩優の腕をぺちぺちと叩いた。病院で、しかも病人になんてことを言うんだ。この人は……！！

「うそうそ。待ってるから。ゆっくり頑丈な体に治せよ」

　きゅっと右手をからみ合わせるようにつないで、反対の手で優しく頭をなでてくれる。

　大好きな人の優しい手。

元気になってから、詩優に言おう。

"詩優が私を連れ戻してくれたんだよ"って。

お礼をしなくちゃ。

それから、"大好き"って伝えよう。

大好きな詩優に──。

Fin.

あとがき

みなさんこんにちは、Nenoです。

このたびは『世界No.1総長に奪われちゃいました。』をお手に取ってくださり、誠にありがとうございます！

『校内No.1モテ男子の甘くてキケンな独占欲。』(原題「世界No.1の総長と一輪の花」)を書籍化させていただいてからちょうど1年、続編の書籍化のお話をいただいた時は、本当に驚きました。2冊目も……なんて夢のようです。

こうして2冊目も出させていただけることになったのは読者のみなさまのおかげです！　本当に感謝しかないです……！

詩優や花莉、雷龍のメンバーたちをたくさん書きたいという思いが自分の中で強くあったから、野いちごのサイト上で続編をたくさん書いていました。

こんなに長く続いて読者のみなさまは飽きないかな、なんて執筆中に何度も思うことがありましたが……サイト上でたくさんの反応をいただけて支えられていました。

ランキングでは上位にランクインさせていただいて、そしてものすごい数の感想と素敵なレビューまでいただけて、ここまで執筆してきて良かったなと心から思いました！

　一途に思い合う詩優と花莉はどうだったでしょうか？

　好きな気持ち、というのは最強だと思います。詩優と花莉、ふたりは1巻の時よりも少し成長したんじゃないかな、と思っていただければ嬉しいです。

　最後になりましたが、素敵なカバーイラストと挿絵を担当してくださったまちだ紫織様、この本に携わってくださった全ての方々に深く感謝を申し上げます。

　そして、この作品と出会ってくださった読者のみなさま、本当に本当にありがとうございました！

2021年1月25日　Neno

作・Neno （ねの）

関東地方在住。6月23日生まれのかに座。常にギリギリで生きているため起きる時間も電車に乗る時間もギリギリ。早起きできないモンスター。趣味はアニメ鑑賞、音楽鑑賞、寝ること、食べること。最近は特にハンバーグが大好きで、週に1回は必ず食べている。現在はケータイ小説サイト「野いちご」にて執筆活動中。

絵・まちだ紫織 （まちだ しおり）

8月15日生まれ。埼玉県出身。O型。ペットのわんこと遊ぶのが好き。小学館『Sho-Comi』の漫画家。主に恋愛漫画がメイン。フラワーコミックス『幼なじみじゃ足りねぇよ』、『一日だけ君の彼女』など、単行本発売中！

ファンレターのあて先

♥

〒104-0031

東京都中央区京橋1-3-1

八重洲口大栄ビル7F

スターツ出版（株）書籍編集部　気付

Neno先生

KEITAI
SHOUSETSU
BUNKO
野いちご SINCE 2009

世界No.1総長に奪われちゃいました。

2021年1月25日　初版第1刷発行

著　者　Neno
　　　　©Neno 2021

発行人　菊地修一

デザイン　カバー　ナルティス（粟村佳苗）
　　　　　フォーマット　黒門ビリー＆フラミンゴスタジオ

ＤＴＰ　久保田祐子

編　集　若海瞳

編集協力　本間理央

発行所　スターツ出版株式会社
　　　　〒104-0031 東京都中央区京橋1-3-1　八重洲口大栄ビル7F
　　　　出版マーケティンググループ　TEL03-6202-0386
　　　　（ご注文等に関するお問い合わせ）
　　　　https://starts-pub.jp/

印刷所　共同印刷株式会社
Printed in Japan

ISBN　978-4-8137-1036-3　C0193

『闇色のシンデレラ』Raika・著

高校生の壱華は、義理の家族からいじめられて人生のどん底を生きていた。唯一の仲間にも裏切られ警察に追われる羽目になってしまった壱華。逃げているところを助けてくれたのは、闇の帝王・志勇だった。志勇からの溺愛に心を開く壱華だったが、そこにはある秘密があって──？

ISBN978-4-8137-1019-6
定価:本体 630 円+税

ピンクレーベル

『こんな溺愛、きいてない！』碧井こなつ・著

アイドルのいとこ・鈴之助と暮らす女子高生・凛花のモットーは、目立たず地味に生きること。ところが、凛花の前に学校一のモテ男でモデルの遥が現れ、「鈴之助との同居をバラされたくなかったら、カノジョになれ」と強引に迫られる。突然のキスにバックハグ、遥の甘いたくらみの理由とは？

ISBN978-4-8137-1021-9
定価:本体 590 円+税

ピンクレーベル

『溺れるほど愛してる。』*あいら*・著

「これから、末長くよろしくね」──。平凡女子の日和が、完全無欠な王子様の婚約者に!? ヤンデレ御曹司との溺愛過多な学園ラブ他、独占欲が強すぎる幼なじみや、とびきりかっこいいクールな先輩との甘々ラブの全3作品を収録。大人気作家*あいら*が描く溺愛ラブいっぱいの短編集。

ISBN978-4-8137-1020-2
定価:本体 640 円+税

ピンクレーベル

『屍病』ウェルザード・著

いじめに苦しむ中2の愛莉は、唯一の親友・真倫にお祭りに誘われ、自殺を踏みとどまった。そんなお祭りの日、大きな地震が町を襲う。地震の後に愛莉の前に現れたのは、その鋭い牙で人をむさぼり食う灰色の化け物"イーター"。しかもイーター達の正体は、町の大人たちだとわかり…。

ISBN978-4-8137-1022-6
定価:本体 590 円+税

ブラックレーベル